J'étais l'origine du monde

Christine Orban

J'étais
l'origine du monde

ROMAN

Albin Michel

IL A ÉTÉ TIRÉ DE CET OUVRAGE
VINGT-CINQ EXEMPLAIRES
SUR VÉLIN BOUFFANT DES PAPETERIES SALZER
DONT QUINZE EXEMPLAIRES NUMÉROTÉS DE 1 À 15
ET DIX HORS COMMERCE NUMÉROTÉS DE I À X

© Éditions Albin Michel S.A., 2000
22, rue Huyghens, 75014 Paris

www.albin-michel.fr

ISBN broché 2-226-11669-9
ISBN luxe 2-226-11755-5

De C. à O.

« Le con, c'est moi. »
GUSTAVE COURBET

« Le phallus est dans le tableau. »
JACQUES LACAN

« Le diable, vous le savez,
est un grand coloriste. »
HONORÉ DE BALZAC

3 octobre 1903

Cher éditeur,

Est-ce pour moi que vous êtes venu à l'enterrement de Whistler ?

Quand j'ai soulevé mon voile, vous m'avez reconnue, dites-vous, à l'ondulation de mes cheveux roux malgré les mèches blanches dont ils sont parsemés aujourd'hui. Puis, je me suis recueillie longtemps sur la tombe de James et vous m'avez attendue.

Je vous donnerai mes confidences si vous me promettez de les publier après ma mort. Un jour, j'en suis sûre, L'Origine du monde *réapparaîtra.*

Ne me jugez pas.

Joanna Hifferman

1.

LE besoin de raconter m'est venu sur la tombe de Whistler.

Le 31 janvier 1866, il faisait froid, Whistler est parti pour l'Amérique du Sud avec son frère William et plusieurs réfugiés de l'armée sudiste vaincue. Le voyage s'annonçait long et dangereux. Valparaiso était bombardé par la flotte espagnole. Malgré nos différends j'avais tenté de l'en dissuader. J'avais tout essayé, jusqu'à l'ironie, au point de mimer le dandy de Chelsea se prenant pour Byron.

Whistler m'en voulait. C'était moi qu'il fuyait et le souvenir de cette soirée passée sur la plage de Trouville à chanter, à danser, à se baigner avec Gustave.

Trente-sept ans se sont écoulés depuis ce jour-là où il m'a perdue.

Que de blessures, que de déchirements, avant d'arriver au soir de ma vie, à ce raz de marée inéluctable qui emporte les êtres et leurs œuvres. Et même si nous vivions éloignés, les remords, les passions, les reproches, les ressentiments, les déceptions, toute la panacée des émotions demeurait et participait à nous rapprocher. Elles n'ont plus lieu d'être. Le jeu est interrompu faute de combattants. De nos champs d'amour et de bataille subsistent quelques toiles lourdes de secrets et de significations intimes, de pensées emprisonnées dans un cercle de couleurs, chefs-d'œuvre exaspérants de beauté.

Les êtres humains ne se parlent jamais assez ; ils oublient la fragilité, la fatalité, la tragédie inscrite dans chaque vie. Un jour le vent souffle et là où il y avait de la rage, du désir, du mépris, des flopées d'insultes ou de mots tendres, il n'y a plus rien. Indifférence des morts. Arrogance des morts. Ils n'entendent pas, ne répondent pas. Et le plus passionné des amants finira le cœur glacé comme une pierre.

La mort rôde. Courbet, lui, a fini sa vie en Suisse. Obèse et alcoolique, il a peint jusqu'à s'épuiser pour rembourser le déboulonnement de la colonne Vendôme. Je suis la rescapée d'un monde disparu. Une partie de moi s'en est allée, l'autre, celle qui reste, doit se dépêcher de parler. Je pense à ceux qui ne me connaissent pas, qui un jour découvriront, impressionnés, choqués, émerveillés, *L'Origine du monde* et se demanderont qui est la femme qui a osé poser dans cette honteuse insouciance.

Ce corps tronqué, ces jambes ouvertes sur la pilosité d'un pubis fendu comme un melon éclaté au soleil, c'est moi, Joanna Hifferman, jadis *La Belle Irlandaise*, *La Fille blanche*, *La Fille aux cheveux dorés*, *La Princesse au pays de la porcelaine* devenue plus tard, beaucoup plus tard, Mrs. Abbott, une respectable antiquaire d'Aix-en-Provence, malgré le Courbet de Spa que l'on m'accuse d'avoir fabriqué et mes Raphaël qui seraient des Whistler. Ces rumeurs m'ont poursuivie longtemps. Médisances de bourgeois, de cette même veine qui les pousse à confondre modèles et prostituées. Je ne faisais que vendre cher les tableaux que mes amants m'avaient donnés.

Courbet n'a pas signé *L'Origine du monde*,

notre correspondance a disparu, probablement brûlée par ses sœurs, juste après sa mort ; je ne me suis jamais expliquée avec Whistler à ce sujet. De sorte que personne à part moi, le témoin muet, le modèle sans visage, l'inspiratrice cachée, ne peut raconter la genèse de cette toile qui porte en elle la force et le désespoir des amours clandestines, des amours vouées au silence et à l'ombre, l'empreinte de la toute brûlante revanche des passions étouffées.

Le ventre de la femme, c'est le néant. Au centre, il n'y a rien. De ce rien Courbet était devenu fou. Alors il a peint les alentours et moi tout entière. Ainsi a été conçue *L'Origine du monde* dont il ne subsiste aucune trace depuis que Khalil Bey, ruiné, a vendu sa collection aux enchères.

2.

J'AI adoré poser nue : je me trouve toujours à l'aise sous le regard d'un homme. Petite fille déjà, ma mère me traitait d'exhibitionniste. Il y a de ça, sûrement, dans la passion de s'offrir aux yeux d'un peintre. Avec cette si langoureuse sensation du temps qui passe, on s'habitue aux audaces de son propre corps. Surtout il y a la considération de ma beauté, ma seule richesse. Faut-il en jouer comme d'un bien qui serait gâché si je le cachais ? J'ai parfois regretté mon comportement mais la beauté oblige. A l'amertume d'une vie frileuse, j'ai préféré mes excès, quitte à les payer un jour.

J'ai grandi avec l'horloge du temps gravée dans ma tête ; j'ai vu le visage de ma grand-mère s'éteindre et celui de ma mère se faner. La perte de l'éclat, c'est le premier signe de défaite chez les femmes. A peine cessent-elles de grandir, qu'elles passent quelques courtes années de répit et se rabougrissent. Le temps qui les a poussées vers le haut les pousse vers le bas.

J'en suis là aujourd'hui, au répit, ce plat pays juste avant la descente. Quand Whistler est parti, j'en étais à ce moment où les femmes angoissées par le temps n'attendent pas. Il est parti alors qu'il n'était pas sans savoir que Courbet me désirait, rien n'était moins dissimulé que son regard noir vissé sur ma bouche. Il connaissait les manières de l'homme et celles du peintre. Courbet confondait sa vie et son œuvre. Il baisait ses toiles autant que ses modèles. Whistler rétablissait les différences que Courbet avait effacées : il admirait le peintre et considérait l'homme avec moins de respect.

Un soir d'août, où nous avons tant ri et chanté sur la plage de Trouville, Courbet a demandé à Whistler la permission de faire mon portrait. James n'a pas refusé, par orgueil, sûrement. Refuser c'était douter de moi. Accepter, c'était respecter la solidarité entre peintres. Il était fier d'avoir pour femme une rousse aussi belle que Lizzie Siddal, le modèle de Dante Gabriel Rossetti, et de la prêter à son grand aîné qui n'en avait pas. Mais, quand il fut de retour à la maison, sa belle construction de façade s'est effondrée. Il m'a fait jurer de n'accorder qu'une séance de pose, et de très courte durée, à Courbet. Qu'il me dessine vite et s'arrange avec son imagination pour restituer les couleurs !

Double erreur.

Whistler savait que l'imagination n'était pas le point fort de Courbet. Il ne pouvait ignorer non plus mes faiblesses. A ma manière, j'avais le cœur d'une sainte : je m'arrangeais pour que tous les hommes y aient une place. Whistler ne m'a pas empêchée de poser pour Gustave, et il est parti.

Et Courbet m'a peinte. Le tableau fini, c'est à peine s'il a baissé les paupières ; saisi par une espèce d'adoration, il s'est éloigné de la toile. Etait-ce pour mon corps offert ou pour son art nourri de ma chair ?

J'ai observé son œil prêt à m'écorcher vivante. Son œil mathématique qui calculait ma carnation, son œil de légiste qui découpe le corps pour voir transparaître l'âme, les veines. Comme si c'était la circulation des passions qu'il cherchait.

J'ai compris en posant que passer à l'œuvre pour lui c'était passer à l'acte. Rien d'original : tous peignent mieux ce qu'ils connaissent bien.

Gustave ne m'a-t-il fait l'amour que pour me peindre ? Parfois, je le pense. Ses mains avaient besoin d'exploiter la chair pour la comprendre. Ses yeux noirs, brillants, bordés de cils longs et soyeux étaient assoiffés de visages, de carne, de corps. Même ses mots étaient crus, terre à terre, taillés dans la chair comme sa peinture. Des mots d'homme. Mais sa rudesse ne me choquait pas. Ni sa manière de se nourrir, de couper le gigot et de se défendre comme un vieux sanglier. Je préférais ses façons à celles trop raffinées de Whistler.

Je me souviens. Il était assis en tailleur près d'un feu de bois sur cette plage de Trouville, juste en bas de la maison que James avait louée. Son regard se perdait dans les flammes et quand il a levé les yeux sur moi, il m'a semblé qu'ils avaient absorbé toute la force et la magie du feu. Whistler m'a installée sur une chaise pliante, Courbet ne s'est pas levé. Puis James est remonté chercher des couvertures et nous a quittés. La nuit tombait, je me suis éloignée de quelques pas vers la mer plate des fins de journée, un vent léger jouait avec ma robe et mes cheveux. Gustave m'a suivie et il est resté à mes côtés à regarder l'horizon comme moi. Après un long silence, il m'a dit : « Je vais vous aimer. » Et il est reparti près du feu.

L'Origine du monde est-elle née, dans son esprit, ce soir-là ?

Il m'a laissée seule avec ces mots ; à moi de décider l'usage que je voulais en faire. A moi de savoir si je voulais être aimée par lui ou pas.

L'amour m'effraie. On monte très haut dans le ciel et on n'est jamais sûr de rien, juste de la chute. J'avais déjà donné ma candeur, mes rêves à un homme qui n'en avait rien fait. Je pensais être guérie, et pourtant les paroles de Gustave m'ont troublée. Cette simple promesse d'amour dénotait une singulière connaissance de soi et de son propre génie.

Je pensai que seul Dieu, en nous plaçant ce soir-là sur une plage, l'un en face de l'autre, savait la suite de l'histoire : j'étais naïve. Courbet avait choisi sa proie. Il n'était pas près de la lâcher. Il avait trouvé le modèle dont il rêvait pour faire reculer les bornes de son art. L'évidence pour cet homme rustre et profond n'était pour moi encore qu'un motif d'étourdissement.

3.

J'ÉTAIS heureuse de revenir en France. Whistler et moi avions déjà séjourné en Bretagne puis trois mois à Paris, 18, boulevard Pigalle, dans un grand atelier qu'il avait tendu tout de blanc pour travailler à *La Fille blanche*, cinq ans auparavant. Il avait tant usé du blanc de céruse pour cette œuvre qu'il en tomba malade, comme empoisonné.

Fantin-Latour, Manet, Baudelaire, Courbet étaient souvent venus nous rendre visite pendant la période où je posais, les bras pendant le long du corps, un lys à la main, vêtue d'une robe de batiste blanche évasée dans le dos qui ressemblait aux vêtements des célèbres modèles préraphaélites Lizzie Siddal et Jane Morris. Les seules notes de couleur étaient apportées par la masse de mes cheveux cuivrés qui retombaient sur mes épaules et par le tapis bleu à motifs et la peau de loup.

Tous s'extasiaient sur l'or de mes cheveux. Un soir, Courbet nous a offert un vin d'Ornans, le vin de son pays, qu'il a débouché en arrivant tandis que Whistler avait abandonné ses pinceaux pour préparer dans un grand saladier des crevettes au beurre frais. Courbet s'amusait de l'ambiance qui régnait dans cette pièce. On y faisait tourner les tables. Nous n'étions que des amis, Courbet et moi, jusqu'au fameux soir, sur la plage de Trouville. C'est étrange comme nous nous sommes croisés avant de nous voir.

Si mes souvenirs ne me trompent pas, je me suis rendue au 32, rue Hautefeuille pour la première fois en octobre 1866. L'atelier de Gustave était installé dans une chapelle aménagée par l'éditeur Panckoucke pendant la révolution de 1848. J'arrivais de Londres où Whistler m'avait laissée sans un sou.

Je suis moins timide avec un homme qu'avec sa maison. Un homme se conjugue au présent, il est ce qu'il ressent à l'instant, Courbet particulièrement. Les maisons sont des carapaces, elles accrochent le temps, l'histoire, gardent les marques, les empreintes. Il existe même des armoires, des commodes à tiroirs pour ranger tout ça.

Courbet, nu, n'était qu'à moi, tandis que sa maison l'attachait à son passé. Les murs portaient la trace d'anciens tableaux, le sofa était usé et le lit défait. Dieu que les meubles sont bavards, même quand on ne leur demande rien. Et tout ce piaillement d'histoires pour qui sait les entendre ! J'avais l'impression que des fantômes me racontaient la vie de Courbet.

Aucun fantôme n'habitait l'atelier de Whistler à Lindsay Raw. Il était bien minuscule et bien vide, comparé au faste japonisant que James inventait dans ses œuvres pour échapper à ce dénuement.

J'ai pensé aux femmes qui avaient dû franchir le seuil de la porte de Gustave et me suis demandé si tous ces visages peints à Trouville avaient retrouvé leur corps, ici, à Paris.

Mais qu'importe ! Aucune d'entre elles n'était venue avec sa valise. Mon statut d'étrangère précipitait les choses. Si l'on m'aimait, il fallait me loger. Courbet n'a pas hésité. L'idée

de me voir repartir à Londres lui était insupportable.

Je suis donc entrée, avec un homme nouveau, dans un lieu nouveau, et le lieu m'intimidait plus que l'homme. Courbet m'a présenté sa tanière ; on en avait vite fait le tour :
une vaste pièce aux fenêtres donnant sur la rue
de l'Ecole-de-médecine, où une construction
en voliges servait de chambre à coucher. Les
murs étaient tapissés de tableaux et d'études
parmi lesquels plusieurs essais de jeunesse dans
le genre romantique. Le mobilier se composait
d'un piano carré, d'un sofa, de quelques chaises
et de tabourets dépareillés, et d'un chiffonnier
Louis XVI encombré de paperasses, de bou-
teilles vides et de brosses à peindre de toutes
dimensions.

Le chevalet brinquebalant ployait sous le
poids de toiles que Courbet recouvrait de couleurs achetées chez le droguiste d'en bas, des
tons anciens et très peu coûteux qu'il gardait
dans des boîtes sur la cheminée. Il se moquait
des peintres qui se ruinent en couleurs rares :
toute la finesse est dans les doigts, me disait-il.

4.

J'AVAIS signé avec le diable un pacte que je me devais d'honorer jusqu'au bout. Ce ne fut pas si difficile.

Avec Whistler, je m'étais mise à imiter les femmes du monde alors que j'étais la femme d'un autre monde.

Enlaidie par le maquillage, habillée à la dernière mode, j'ai commencé par ressembler aux chapeaux que je portais ; pourtant ma tête ne supporte aucun artifice. Comment être une autre ? Tu aurais pu, toi, Courbet, changer de personnalité ? Tel que tu étais, avec ton mauvais caractère, tes emportements qui t'ont ruiné et causé tant de soucis, tu es resté. Il était temps que je me retrouve, que je retrouve ma peau diaphane sans la colorer, ma bouche groseille sans la voiler de poudre de riz, mes cheveux qui tombaient sur ma poitrine en une multitude d'ondulations sans les retenir. La nature m'a faite belle. Je n'y suis pour rien et je n'ai pas à me le faire pardonner. Oser être soi-même, tout le monde en est là. Quand j'ai rencontré Courbet, c'était le moment ou jamais. Le moment d'une vie où on se sent libre de faire n'importe quoi, de quitter un homme aimant pour un homme inconstant, de briser un avenir tracé pour une vie sans lendemain. Il est vrai que l'amour m'étouffe et que je m'attache surtout aux commencements.

Je ne manquais pas de courage. A un homme qui m'espérait, je préférais celui que j'attendais. L'un me disait « je vous aime ». L'autre m'avait dit « je vais vous aimer ». Parole contre parole, je préférais la seconde. Les promesses légères m'enflammaient plus que les sermons. A chacun ses alcools. Courbet, c'était une occasion de m'enrichir, de ne pas laisser le temps faire son œuvre. Pour le bilan, on verra plus tard, au moment où, de toute façon, plus rien n'a d'importance. La vieillesse se passe des hommes. Quand il n'y a plus de lumière dans leur regard, c'est que nos feux sont éteints et que nous sommes devenues respectables. Qui aime une femme respectable ?

Courbet appréciait ma beauté, je n'allais pas attendre qu'elle s'efface de mon visage pour ne laisser que des traces, comme une maison désertée dont on imagine encore les canapés gonflés de plumes d'oie, les braises dans la cheminée, les rideaux couleur de printemps, les bouquets, les parfums mêlés d'un cake à l'orange et de bâtons d'encens. Certes, la vieillesse c'est la vie encore, j'en puis témoigner aujourd'hui, mais la vie apaisée par les heures, les tonnes d'heures qui ont rendu mon regard gris et terne. Quel homme se doute en parlant avec la vieille dame que je suis devenue, au visage abîmé, seule dans sa petite échoppe d'antiquaire de province, qu'autrefois des flammes ont dansé dans ses yeux ?

Au temps des souvenirs et des confidences, au motif que tout est presque fini et que la vieillesse ne fait plus peur, parce qu'on est vieux ou vieille comme moi, autant l'avouer : je n'ai jamais été une femme convenable.

La pauvreté n'explique pas tout.

Le diable mord les fesses des femmes belles et les contamine.

5.

QUELQUES jours après notre arrivée, Courbet partit pour Ornans et me laissa seule dans l'atelier. Je n'aimais pas qu'il s'éloigne, mais qu'il le fît par fidélité à la mémoire d'un ami me rassurait.

J'approuvais qu'il donne de son temps et de son talent pour exécuter le portrait posthume de Proudhon puisque le hasard voulut qu'il eût rendez-vous avec lui pour l'immortaliser la veille de sa disparition ! Il devait se résoudre à peindre son ami sur son lit de mort, d'après un croquis de Carjat, comme il l'avait promis à Jules Vallès.

J'accueillis donc son départ sans en prendre ombrage, bien que la solitude m'effrayât.

Je ne me sentais bien que dans la compagnie des hommes. J'étais belle, insouciante et, d'après leur jugement, intelligente. Mais je n'imaginais pas le bonheur autrement qu'en vivant à fleur de peau. Et surtout pas sans un compagnon, même pour quelques jours.

Dans l'atelier l'air retenait les odeurs de fumée échappée de la pipe de Courbet, sa vieille pipe toujours à la bouche quand il peignait. Une odeur de tabac sucré. Et même en son absence, une parcelle de lui, de sa respiration, tout ce volume d'air filtré par son corps tant il avait travaillé, écrit, aimé, demeurait là, précieusement conservé comme si c'était un peu de son génie qu'il aurait laissé s'échapper en ouvrant les fenêtres.

J'aimais l'odeur de Courbet. Son parfum de bière et de tabac m'entourait, me rassurait, me réchauffait mieux qu'une étole de fourrure. L'odeur transporte l'émotion, la mémoire, les mots, l'amour, la violence, le mouvement.

Courbet ne partait jamais vraiment de chez lui.

Pendant plus de deux heures, il avait rédigé son courrier dans sa baignoire. Lorsque je me suis étonnée du temps qu'il y avait passé, au risque de rater son train pour Ornans, il m'avoua que seule l'eau avait le pouvoir de calmer de pénibles hémorroïdes. Il se portait admirablement bien en dehors de ces crises, s'empressa-t-il d'ajouter.

Il n'avait pas l'air de mentir. Mais il voulait me rassurer sur son état de santé à cause de notre différence d'âge. Nous étions bien, j'avais oublié Whistler, j'avais chassé la culpabilité dès qu'elle avait commencé à rôder, je l'avais chassée pour inutilité. La culpabilité est un sentiment idiot. Il gâche le plaisir sans l'empêcher. Courbet m'embrassait toujours en soulevant ma jupe et en glissant sa main dans ma culotte. C'était sa façon. Et elle me plaisait.

Sur le pas de la porte, il a fouillé dans sa poche et a déposé une liasse de billets sur la table en bois près du canapé.

« Profite ! dit-il. J'ai fait trente-trois tableaux l'été dernier et il se peut que j'en vende pour trente ou quarante mille francs cette année. MM. de Nieuwerkerke et Luquet en redemandent et mon tableau *La Curée* part pour l'Amérique, ainsi que *Les Lutteurs*. Je me suis fait une réputation énorme à travailler avec mes portraits et mes marines. Profite, achète-toi ce que tu veux, ma biche. Tu es bien, là, non ? »

Avec l'argent, Courbet me laissa quelques directives ; impulsif, persuasif, il ne supportait pas que l'on pense différemment de lui. Alors, avec la même conviction qu'il entraînait Whistler et moi dans l'eau glacée de Trouville, il me dictait une façon d'être et savait me rassurer en quelques mots : « Tu portes en toi la révolution picturale. Tu es une tornade dans ma vie. »

Avec des mots pareils, je me sentais capable de l'attendre rue Hautefeuille le temps qu'il faudrait.

« A part mes sœurs, aucune femme n'a habité cet endroit. Tu es la seule. »

Il mentait, bien sûr.

Je souris à Gustave sans lui poser de questions : je n'ai jamais fait la différence entre le mensonge et la vérité. Le mensonge du passé est la vérité du moment et il arrive à la vérité du passé d'être un mensonge du présent. Je vivais dans l'instant et, à cet instant, dans l'esprit de Courbet aucune autre femme n'avait habité rue Hautefeuille... Par ces délicats oublis d'amoureux, Courbet reconstruisait la réalité, chassait les mauvais souvenirs comme il chassait les blancs-becs ou les censeurs, tous les empêcheurs de tourner en rond.

Courbet était devenu volubile et je décelai une contrariété légère, comme une ombre sur son visage, une de celles que le peintre capte avec agacement tandis qu'immobile le modèle pose.

« Il faut que je te parle de Khalil Bey », me lança-t-il sur le pas de la porte, puis il marqua un temps d'arrêt, hésitant à en dire plus.

J'avais déjà entendu ce nom lorsque j'avais posé autrefois mais j'avais oublié qui il désignait.

« Un ambassadeur ottoman, un riche collectionneur, me répondit Gustave. Sainte-Beuve me l'a amené à l'atelier, il y a quelques années déjà. Il a acheté *Le Bain turc* d'Ingres, *Le Sommeil*, et veut acquérir autre chose.

– Un amateur de femmes ? »

Courbet se mit à rire.

« Il apprécie la peinture érotique et les roussottes particulièrement... Cette fois, il veut une toile pour sa salle de bains. Il n'a pas d'idées préconçues, Dieu merci ! Mais ce n'est pas un homme à se contenter d'un nu lisse, académique, d'un pastiche de thèmes mythologiques de la Renaissance.

— Qu'est-ce qu'il va faire d'un nu dans sa salle de bains ? »

Le rire le reprit.

« Les mauvaises langues prétendent que ce gentleman est atteint de la syphilis. Alors, que reste-t-il à un homme délicat souffrant de cette maladie ? Les mains, ma belle... ! Repose-toi et attends mon retour, je suis sain des pieds à la tête ! »

Et Courbet disparut derrière la porte, son sac de cuir débordant de feuilles et d'ustensiles bien à lui.

6.

GUSTAVE était jovial et inquiétant. Il tenait devant moi, quand nous étions seuls, des propos de plus en plus sibyllins. Des propos étranges qu'il entortillait à sa manière. « Chaque femme porte son sexe sur son visage, Jo. On ne verra pas ton visage. Un visage est plus obscène qu'un cul, Jo. » Il avait peint tant de portraits, la comtesse Karolyi de Hongrie, la duchesse Colonna de Castiglione, Mlle Haubé de La Holde..., tant de femmes avaient défilé dans l'atelier, les avait-il baisées, toutes, avant de les peindre ? Pour nier, il s'ébrouait comme un chien de meute qui sort de l'eau. Il prétendait que les femmes du monde préfèrent le marivaudage au sexe et la flatterie à la vérité. Mais il n'était pas dans la position de mépriser leurs commandes. Six mille francs par portrait, cela ne se refuse pas. Lui qui nourrissait ses toiles de vérité et de réalisme avait accepté de mentir. Il retouchait, maquillait, coiffait des femmes qui lui donnaient de l'argent. Avec son pinceau, il les flattait puisqu'il était payé pour les rendre belles. Il les peignait extérieurement sans imaginer leurs cons, sans intérêt autre que financier. « Des natures mortes, Jo ! » Moi, il prétendait me peindre de l'intérieur. Peut-être savait-il à ce moment-là ce qu'il allait faire. Moi, pas encore.

« A quoi crois-tu que pense un homme quand il regarde une femme telle que toi ? Devant tes lèvres, leur couleur de fruit mûr, il imagine, cherche dans sa mémoire ses souvenirs les plus audacieux pour te les attribuer, et il se trompe et ses pensées sont libidineuses parce qu'il ne sait pas lire. La réalité ne l'est pas. La Nature non plus. Seule l'imagination est un diable.

« Tu ne t'es pas demandé pourquoi j'ai caressé tes lèvres avant de les peindre ? Pour comprendre ton con, Jo. Son magnétisme, son intensité, sa profondeur, sa poésie, sa tendresse.

« Quand j'ai peint Jo, la belle Irlandaise, la

femme au miroir, je te connaissais à peine. Ton corps m'était encore étranger. Pourtant, dès cet instant, j'ai su que tu étais la femme dont j'avais toujours rêvé, et je ne me suis jamais lassé de peindre ton visage. Avec la même passion je l'ai refait trois fois pour mes collectionneurs, et comme je ne pouvais vivre sans ton regard pensif, la main dans ta chevelure, je l'ai repeint une quatrième fois. Rien que pour moi.

« Cette toile, Jo, je la garderai jusqu'à ma mort, dussé-je me déposséder de tout ce qui m'appartient. Après ce portrait, je suis devenu plus exigeant. J'avais besoin de toi pour *La Paresse et la Luxure*. Tu as accepté à condition de ne pas être seule à poser. Un jour tu poseras seule, parce que tu es la seule, Jo ! »

Gustave, en effet, avait eu l'audace de me peindre alanguie contre une femme, ma tête posée sur sa poitrine, ma hanche recouverte par sa jambe comme si par pudeur je me cachais derrière son corps. La présence d'un décor et d'objets – un collier de perles, un vase plein de fleurs – était encore là pour détourner le regard de notre nudité.

Je connaissais la peinture pour avoir traîné

avec Whistler dans tous les musées de Londres et visité bien des expositions. Je ne pensais pas qu'en matière de sensualité et de provocation un peintre oserait aller plus loin.

Que pouvait-il me demander de plus ?

L'inimaginable, il l'a pourtant imaginé.

Il ne m'a pas dit : « Je veux peindre ton sexe, les jambes ouvertes. »

Non, ce fut dit différemment. Mais dit.

Comment a-t-il osé ?

Avant d'aborder le vif du sujet, il a attendu que nous ayons fait l'amour. Puis il en a appelé aux sentiments. « Tu es la seule, Jo... » Malgré la passion que j'éprouvais pour lui, j'ai cru devenir folle en imaginant mon corps tronqué exposé, un jour, entre *La Raie* de Chardin, et l'*Hallali au cerf*, de Gustave : un tableau de chasse parmi d'autres.

Comment ai-je pu accepter ?

7.

J'ENTREPRIS, en son absence, de nettoyer l'atelier. Rien ne fermait, ici : les rangements étaient constitués de tringles et d'étagères ouvertes, toutes encombrées. Les cartons eux-mêmes étaient emplis d'une multitude de fournitures qui m'étaient familières, des réserves de poudres, des flacons aux odeurs qui tournent la tête, des pinceaux de taille et d'épaisseur très diverses baignant dans des liquides opaques.

Tout un bazar collant, salissant et inhospitalier. J'accomplissais ma tâche sans grande passion ; j'allais renoncer à balayer, à essuyer la poussière qui me couvrait d'une poudre blanchâtre, quand au bout d'une étagère, le long d'un mur, j'aperçus une dernière boîte, différente, plus légère que les autres me semblait-il. Des lettres s'y trouvaient en abondance, inégalement rangées les unes contre les autres. Un parfum de fleurs mélangé à l'odeur du papier vieilli s'en dégagea. Cette boîte à souliers contenait un univers de femmes, à en juger par les écritures fines, certaines penchées, d'autres malhabiles, mais toujours frêles, qui se chevauchaient.

J'aurais dû refermer la boîte aux souvenirs et continuer de passer plus loin mon chiffon à poussière. Il est difficile cependant de ne pas ouvrir un livre dont son amant est le héros. Je tirai au hasard une lettre et le hasard guida ma main vers la prose de Mlle Repiquet dont Fantin-Latour m'avait déjà parlé quand je vivais avec Whistler.

« Gros chien... », c'est ainsi que Léontine commençait. Pourquoi traitait-elle Courbet de gros chien ? Parce qu'elle avait été peinte nue avec un chien ? Drôle de littérature... Quatre pages tonitruantes pour gronder son animal de ne pas lui avoir écrit alors qu'il était parti depuis cinq jours, et de ne jamais l'emmener en voyage, pas même à Ornans. Pour conclure, et d'une manière assez classique, elle menaçait de se venger.

J'étais l'origine du monde

Evidemment, je n'avais pas la lettre de Courbet. Violer une correspondance a quelque
chose de frustrant car les réponses appartiennent à l'imagination. Je savais néanmoins par
Fantin-Latour que Mlle Repiquet était rousse,
que son corps était tout en chair, de cette
lourdeur que Gustave appréciait tant. Une
percheronne, selon l'impératrice Eugénie. Un
modèle pour Whistler qui regretta sa présence aux côtés de Courbet à Trouville à ce
moment-là.

« Gros chien, si tu crois que c'est gentil, voilà
cinq jours que tu es parti et tu ne m'as pas
encore écrit. Il faut tâcher, mon gros chien noir,
d'être comme tout le monde, je t'assure qu'il
n'est pas nécessaire, parce que je t'aime, de me
tourmenter. D'ailleurs, tu sais que je peux
devenir méchante si l'on touche à ma corde
sensible. Ainsi, sois gentil. »

Il faut un certain temps pour pénétrer l'univers d'un étranger, pour comprendre non seulement la tournure de son esprit, mais ses motivations, sa vérité. Léontine employait des mots
vifs parfois, presque vulgaires, qui contrastaient
avec son papier à lettres élégant, frappé d'un

43

timbre à ses initiales R et L entremêlées. Cette femme à la réputation de biche, d'experte en l'art d'aimer, passait comme moi pour une ancienne prostituée. Ma longue liaison avec Whistler était venue à bout de ces rumeurs.

Courbet aimait-il le même genre de femmes ? Léontine et moi nous ressemblions-nous ?

Je ne détestais pas la jalousie à condition de n'en prendre qu'une pincée, histoire de corser l'amour, de réveiller les sensations sans en souffrir. Mais le jeu n'était pas sans danger, la curiosité peut creuser à notre insu des galeries souterraines aux ramifications compliquées, grignoter les échafaudages les plus solides, insuffler le doute et, au mépris du temps qui passe, réveiller des fantômes endormis. C'est ce qui se produisit.

La curiosité m'avait piquée et, soudain, j'eus envie de ranimer Léontine, Virginie, Lise, Joséphine, de plonger dans leur cimetière de mots.

Je découvris un autre paquet bien ficelé contenant une dizaine de lettres, d'une impudeur effrontée, écrites par une mystérieuse comtesse inconnue au bataillon des maîtresses.

La comtesse avait le verbe lourd et la cuisse légère :

« Pourquoi donc te rendre malade en te branlant constamment la pine lorsque tu pourrais employer beaucoup mieux cette douce liqueur ? »

« L'idée de la saucisse est vraiment ingénieuse. Elle l'a donc fait cuire à la chaleur de son con... Tu étais bien cochon de bander ainsi en voyant une pine factice dans le con de ta bien-aimée... »

Qu'est-ce que Courbet avait bien pu écrire à cette femme pour qu'elle se permette des propos aussi scabreux ?

S'agissait-il d'une blague, d'un piège qu'elle lui tendait afin de provoquer ses réponses et de les publier ? Il me semblait avoir entendu parler d'une affaire similaire qui avait fait scandale quelques années auparavant.

Que de chantages, de scènes, de déclarations, de suppliques, de bonheurs vifs comme un feu de paille et d'espoirs déçus, de rendez-vous secrets, manqués, reportés, que de soupirs reconnaissants, de caresses habiles, de fantasmes assouvis, de montées au ciel et de retom-

bées, que de baisers délurés, de réticences
dépassées, de vocabulaire cru, de préliminaires
indécents, de tremblements, de serments, de
trahisons, dans ces vies qui dormaient au fond
d'une boîte en carton pleine de phrases sûrement maintes fois recommencées, tantôt rédi-
gées d'une écriture choisie, appliquée, tantôt
saccadée comme si l'écriture cette fois avait été
tracée au rythme de la passion, à la cadence
des spasmes, des convulsions d'un cœur
emballé, d'une main secouée comme par les
tremblements d'une locomotive.

Pourquoi Gustave conservait-il ces souvenirs
d'alcôve comme de vieilles reliques ? A la lec-
ture de ces lettres j'avais l'impression que Courbet ne s'abreuvait pas seulement à la chair de
ses victimes, mais à leur propre psychisme. Qui
sait ce qui se trame dans la tête d'un diable ?

Whistler le croyait capable, comme Titien
dit-on, de mélanger les substances vitales de
son être à sa palette. Et quand Courbet se van-
tait d'utiliser de vulgaires tubes de peinture
pour peindre ses chefs-d'œuvre, Whistler pensait qu'il ne disait pas toute la vérité, qu'il lui
arrivait de diluer les couleurs de sa palette aux

sucs de l'amour. Les soupçons de Whistler étaient-ils fondés ? Malgré son air distingué et ses manières d'homme du monde, lui non plus n'était pas à l'abri de petites mesquineries.

Je ne pouvais répondre que de mon expérience. Nous étions si nombreuses à avoir posé pour Courbet et à l'avoir aimé ! Toutes les fois où j'ai été son modèle, je n'ai jamais rien remarqué qui puisse donner du crédit aux suspicions de Whistler. L'énigme de Gustave, le secret de son réalisme étaient dans son talent et sur l'étagère : tout lui servait d'inspiration ; les femmes autant que les pinceaux, les couteaux autant que les pigments, la chair aimée autant que la chair baisée, la passion, la tendresse, le dégoût peut-être, et même l'indifférence. Tout ce fatras se rangeait en vrac sur des étagères, dans des boîtes en carton pour les femmes, dans des bocaux pour les ustensiles.

Je voulais savoir si le même sort que celui de Joséphine, d'Henriette, de Virginie m'attendait ; si je serais baisée, violée, vampirisée, profanée, grattée, effleurée, couverte, recouverte, capturée pour enfin être transformée non pas en liseuse, en baigneuse, en jeune fille dans le

ruisseau comme à tour de rôle le furent Fran-
çoise, Aimée, Jeanne Barreau, mais en une chose
impensable, un sexe, le mien, qui – m'avait-il
avertie – occuperait toute la toile. Puis je serais
renvoyée et rangée sur l'étagère. A cette épo-
que, je ne lui avais pas encore écrit. Si j'avais
trouvé une de mes lettres rangée aux côtés de
celles de la Repiquet ou de la comtesse folle,
je serais partie.

J'en tremblais d'effroi.

Au fond, est-ce que Courbet n'utilisait pas
mon amour et mon audace pour satisfaire son
goût immodéré de la publicité ? Ses ennemis
s'accordaient à penser qu'il était prêt à tout
pour se faire connaître, qu'il multipliait ses
autoportraits à cet effet. Etais-je en train de
devenir complice de ses provocations ? Ma
place dans son atelier était-elle enviable ?

A ce moment, je me souviens d'avoir eu
envie de descendre et de faire quelques pas dans
la rue. Avec mes cheveux libres de toute attache, j'aimais – je l'avoue – me donner en spectacle.

C'est alors que j'aperçus, par les fenêtres
inclinées de l'atelier, une femme, un enfant à

chaque main, traverser en tournant la tête de gauche à droite pour ne pas se faire écraser. Plus loin, mon regard suivit un homme qui entrait dans une boulangerie, une jeune fille qui courait, des fleurs orange aux longues tiges caoutchouteuses dans les bras. Je déteste les fleurs orange. Elle semblait les aimer et s'empressait de rentrer chez elle pour les disposer dans un vase que j'imaginais en cristal taillé, ouvert comme une corolle. Toutes ces observations pouvaient sembler anodines, pourtant elles provoquèrent en moi une série d'interrogations qui me submergèrent avec la violence d'une avalanche. Etais-je aussi insouciante, aussi téméraire que je le croyais pour éprouver de la nostalgie à la vue d'une mère qui serre la main grassouillette de ses enfants ? J'en étais arrivée à me poser ces questions tandis que je violais la correspondance amoureuse de Courbet, sans savoir s'il valait mieux offrir mon ventre à la postérité plutôt qu'à la maternité.

Quand les hommes ne me regarderont plus dans la rue, quand j'aurai coupé mes cheveux, quand je n'inspirerai plus aucun peintre et qu'il ne me restera rien, mis à part le sentiment d'avoir vécu, regretterai-je de ne pas avoir choisi une autre existence ?

La bohème ne transige avec rien. J'étais jeune et guère prête à m'incliner devant les conventions de la société. Tourner une mayonnaise, attendre un seul homme ou le déluge, limiter, cloisonner mon univers, le clôturer comme un champ de vaches, pour être sûre de ne pas désirer plus que mon lot, ne pas prendre le risque d'avoir mal, j'en étais incapable.

J'ai osé, je me suis exposée, j'ai été critiquée et incomprise. J'ai brûlé ma vie. Et s'il m'est arrivé d'approcher le bonheur, je ne l'ai jamais fixé.

Le soir, sur la plage de Trouville, lorsque je servais des côtelettes grillées à James et à Gustave en fredonnant des chants irlandais, j'ai dû ressentir une sensation voisine de la félicité.

Deux hommes pour moi seule, l'un que j'aimais, l'autre que je désirais, un Français, un Américain, tous deux séduits par ma voix cristalline, une plage à la nuit tombée, un air frais mais suffisamment doux pour se baigner sans avoir froid, un sentiment de fraternité mêlé à la sensualité, voilà quels étaient les ingrédients éphémères de mon bonheur.

J'aimais la compagnie des hommes. Je n'aimais ni les glaïeuls, ni les maris, ni le lapin, ni les cuisines, ni la solitude car elle est trop pleine de questions, de comparaisons, de pièges, d'envie. La solitude dans son miroir glacé et pervers m'avait soudain présenté comme enviable un destin qui n'était pas le mien. Comment avais-je pu imaginer qu'un homme aussi fort, jovial, séduisant que Courbet n'ait aimé, à cinquante ans, qu'une femme dans sa vie ? Moi.

Oui, le monde est peuplé de rousses, de peaux diaphanes, de modèles de peintres, de mères pressées qui tiennent par le bras leurs enfants et qui empêchent leurs chiens d'uriner. Certaines ont des hanches et des cuisses lourdes, d'autres ressemblent à de maigrichonnes brindilles sans poitrine et sans fesses. Il y a les peaux couleur de lait, mais aussi les peaux couleur du café, il y a les cheveux enflammés et les cheveux goudronnés, il y a les ventres plats et les ventres plissés et il y a mon ventre rond prêt à s'arrondir encore au moindre excès de nourriture, et il y a surtout que j'étais un

51

maillon de la chaîne, pas un doigt de sa main, comme j'avais eu la bêtise de le croire avant d'avoir soulevé le couvercle de la boîte à souliers. J'avais perdu ma singularité. Trop de femmes, trop de lettres écrites par des mains expertes, des mains aux ongles soignés, aux doigts longs m'avaient précédée et me succéderaient.

Les traces de mon passage dans la vie de Courbet seront détruites. Je serai la femme sans visage si Courbet le veut, la femme réduite à son sexe, une sorte d'abrégé de sa vie et de son œuvre. Je serai la femme qui les incarne toutes et aucune, je serai la femme éclipsée par son ventre. Ce ventre qui porte l'œuvre de Courbet, ce ventre gonflé de son orgueil et de son génie, de sa folie, ce ventre qui l'attend malgré tout parce qu'une femme grosse, qu'elle porte en son sein un enfant de la chair ou un enfant de l'esprit, ne disparaît pas. Je savais que Courbet était un père plus attentionné pour ses œuvres que pour le fils qu'il avait eu de Virginie : la pauvre quémandait un peu d'attention pour lui, c'était écrit quelque part au fond de la boîte.

Ces lettres m'indisposèrent. Comme parfois

certaines personnes ou certains objets, il me semblait qu'elles n'avaient pas fini de nuire et que
Gustave devrait s'en séparer ou les brûler. Je préférais m'évader de cet univers en pensant à la jupe
blanche dans la vitrine du Bon Marché, à la
brioche du dimanche, à ces fleurs aux tiges
caoutchouteuses, à toutes ces choses sur terre, et
toujours à mon ventre qui attendait Courbet et
ses pinceaux. Qu'est-ce qu'il avait mon ventre
pour que j'aie pu un seul instant imaginer qu'il
fût unique ?

Par l'une des vitres de l'atelier de Courbet,
j'aurais voulu crier à ces femmes qui se croisent
dans la rue sans se saluer, le manteau boutonné
jusqu'au menton : « Vous pensez, parce que
vous vous déshabillez devant un seul homme,
que vous m'êtes supérieures ? Vous croyez que
si vous obéissez aux règles établies, les hommes
vous aimeront plus ?

« Rentrez chez vous, attendez que votre mari
revienne du bordel, un bouquet d'immortelles
comme son amour à la main, pendant que moi
je fouille, je découvre d'autres vies, je voyage,
je comprends, je renverse des toiles tournées
contre un mur, à la recherche de quelques-unes

qui me plairont pour me consoler de ne pas être le seul ventre du monde.

« Les cadeaux ont été inventés par les hommes pour se faire pardonner leurs infidélités. »

Je n'ai jamais été heureuse. Il faut porter des œillères pour être heureuse, manquer de curiosité : vivre entourée d'enfants, d'une belle-famille, de portraits d'ancêtres et se protéger des états d'âme derrière un emploi du temps bien réglé. Ranger sa vie comme des draps dans une armoire, faire des piles bien alignées, les classer par couleurs... Et qu'aucun pli ne dépasse !

Ce bonheur-là ne m'avait jamais effleurée. Je n'avais pour famille que des amis qui étaient devenus des amants et des amants qui étaient restés des amis.

Gustave allait m'offrir ses œuvres. Les chagrins avaient leurs antidotes, l'infidélité ses avantages... et la comparaison, à condition d'en sortir gagnante, son utilité.

M'attendaient encore les séances de pose pour ce tableau anonyme et indécent. Monumental et simple à la fois, selon les mots de Courbet qui ne cessaient de m'effrayer.

8.

PENDANT ces quelques jours où je fus seule, entourée de tous ces chefs-d'œuvre, je pensais à mon avenir incertain, à la beauté de ces toiles et à leur prix. Etais-je une femme perdue pour autant ?

Sur la table en bois qui tenait lieu de bureau à Gustave, je trouvai une lettre signée du fameux Khalil Bey, où celui-ci lui proposait vingt mille francs pour un nu, prix démesuré que jamais aucune toile de Whistler n'avait atteint.

Vingt mille francs, était-ce mon prix ? Si je valais aussi cher, cela me donnait le droit de me servir.

Pour sécher mes larmes, je choisis deux toiles que je traînai aussitôt à l'écart : un paysage d'Ornans et un tableau de grande taille repré-

sentant quelques chevreuils allant boire au ruisseau. De toute façon Courbet, dans sa légen-
daire prodigalité me les aurait offertes, il n'était
pas homme à me laisser sans le sou comme
James. Et ainsi ma violence contre l'ordre du
monde s'apaisa. J'avais retrouvé un certain
équilibre.

Nous étions quittes. Rien n'effraie plus les
hommes que les reproches. Ils glacent l'atmosphère et les draps. Alors que l'argent les
réchauffe. L'argent apporte aux hommes le sentiment de leur force, parfois de leur supériorité.
Il faut les aimer pour leur en demander. Courbet aimait que j'aime son argent, son œuvre
autant que lui-même.

Aujourd'hui encore je regrette de n'avoir pas
emporté cette *Marée basse à Trouville*, qu'il
venait d'achever et qui me revenait puisque
notre amour avait débuté là ; ou bien *Le Chêne
de Flagey*, dont le feuillage occupe tout l'espace
de la toile comme plus tard la pilosité de mon
sexe. Quel gâchis ! Quand je pense qu'en 1873
tant de toiles ont été saisies, mises sous séques-
tre pour rembourser sa folle entreprise du
déboulonnage de la colonne Vendôme.

J'étais l'origine du monde

La vie est une grande roue qui tourne, qui tourne... Personne ne le répétera jamais assez. Ah ! comme je saurais être jeune aujourd'hui et de cette jeunesse tirer tous les privilèges de mon âge !

Ma petite boutique d'antiquaire à Aix-en-Provence, je la dois à ces deux toiles, à ma conscience du temps autant qu'à celle de la vie.

9.

TANDIS que Whistler faisait sa révolution du côté du Chili, moi je m'associais à celle de Courbet et, selon lui, la nôtre serait bien plus importante, au point de transformer la *Vénus à la psyché*, l'*Olympia* de Manet, et le *Sommeil* en illustrations pour comptines enfantines !

Gustave aimait scandaliser les critiques et d'une manière générale tous les défenseurs de l'ordre moral ; avec un corps peint du dessous des seins à la moitié des cuisses, les jambes ouvertes, il s'offrait un bel esclandre, même si la provocation n'était pas la motivation de ce projet qui devait rester secret.

D'abord, j'ai refusé de poser. Non pas par pudeur, mais parce que Courbet dépassait les limites qu'un peintre pouvait exiger de son modèle.

J'étais l'origine du monde

Dans l'intimité de l'amour, cette vérité fugace, je peux montrer, donner beaucoup de moi, mais aucun homme ne m'avait demandé encore d'être la figure peinte, le symbole désigné et fixé à jamais de cet abandon.

L'amour charnel c'est un souffle de vie sans postérité.

J'étais prête à offrir mes jambes ouvertes sur un sofa à Gustave, pas à Courbet. De toutes les contradictions que j'avais à surmonter, celle-là me parut la plus cruelle : elle avait quelque chose d'une offense.

En vérité, c'est lui que de tels propos offensaient. Quelle sotte idée j'avais de vouloir dessiner une frontière entre l'art et la vie privée, comme si Gustave et Courbet ne formaient pas un seul et même homme !

Pour cet homme-là, tout était bon à peindre. Le bonheur comme le malheur. Il aime Virginie et la peint nue ; il aime Proudhon et le peint mort.

Cependant, à mesure que je me dérobais, le regard de Courbet devenait plus suppliant. Dans ses yeux si noirs qui ne laissaient jamais apparaître la moindre fragilité, cette sorte de faiblesse me flattait. Il était à cet instant plus dépendant de moi que je ne l'étais de lui.

Je ne serais pas restée docile, soumise, complice de ses fantasmes, sans qu'une analogie confuse s'installe dans nos rapports. Un autre modèle aurait claqué la porte. Je suis restée malgré les risques qu'il me faisait courir et malgré la notoriété dont je jouissais enfin dans le milieu artistique de Londres. Courbet n'avait pas besoin d'un modèle pour ce tableau, il avait besoin de moi. Si incongru que cela puisse paraître puisque seul mon ventre figurerait sur la toile, pas mon visage. Plus tard, je me suis demandé à tort si je n'avais pas été le prétexte d'une nouvelle provocation. Cette toile était une histoire entre Courbet et Courbet. A la rigueur entre Courbet et moi. Les autres n'avaient rien à voir dans cette affaire.

Est-ce son côté paysan qui m'a émue, cette masse d'homme compacte, taillée d'un seul bloc, brutale et subtile malgré tout, et fragile à en croire son regard implorant lorsque j'hésitais ?

Je ne sais combien de temps j'ai balancé la tête en signe de négation, tandis qu'il me couvrait d'éloges : j'étais son type, soi-disant, je l'habitais. Il avait besoin de ma nudité pour s'exprimer, j'étais un rouage irremplaçable de sa création. Et mon ventre n'était pas anonyme puisque j'étais unique, puisque cette œuvre dépendait de moi... J'allais devenir un doigt de la main, l'or de la palette, l'inspiratrice du maître, une part de son génie. Avec lui, j'entrais dans l'histoire de ce tableau, malgré le secret dont il était entouré.

Ai-je tant souhaité d'ailleurs que le mystère demeure ? Au fond de moi, j'espérais qu'un jour ou l'autre quelques érudits lèveraient le voile.

Ce corps tronqué serait donc le mien ou ne serait pas.

Le charme de Courbet, ce profil sombre qui consentait parfois à se défaire d'une trop grande assurance ont fini par l'emporter : je serais une pièce de viande à l'étal d'un boucher, un corps de femme décapité accroché dans un musée.

Pour Courbet, il n'était pas question de boucherie mais d'un con, d'un sexe, d'un sillage qui s'étire vers la forêt, un mont de Vénus. « Le con, c'est moi », me dit-il un jour. Il admirait Flaubert. Les deux Gustave se ressemblaient dans leur manière d'observer l'âme humaine et de s'y assimiler, seule les distinguait la façon de rendre le vrai.

Courbet ne s'arrêtait plus. Aucun mot ne le gênait.

Forêt ? Comment pouvais-je me froisser de la comparaison d'une partie de mon corps avec quelques charmants petits buissons ? La campagne était pleine de bosquets, de monticules broussailleux ; rien d'obscène à ces évocations bucoliques. Sillage ? La nature aussi comptait des accidents, des trous, des failles, des crevasses, des lits, des rivières. La source de la Loue ressemblait à une femme et moi à la nature, rien de grossier à détourner les mots de leur sens initial.

Gustave me faisait peur et c'est pourtant contre lui que je me réfugiais. Sa poitrine était confortable, ample comme celle d'un ténor et sécurisante malgré ses bras dans lesquels il y avait de la place pour deux. Whistler était parti loin, pour longtemps, du moins le croyais-je, et Courbet m'offrait les siens, là, tout de suite.

Je n'ai jamais su vivre sans un homme.

10.

COURBET est revenu. A la lumière de ce que j'avais lu, je l'ai considéré différemment : nous avions fait connaissance pendant son absence.

Il a poussé la porte à la manière d'un ogre qui rentre chez lui. A en juger par son œil brillant et sa barbe hirsute, il avait bu. Son costume était néanmoins soigné, gilet noisette et cravate jonquille.

« Tu ne m'as pas oublié, ma Roussotte ? »

Il a posé sur la table une bouteille de pelure d'oignon dont il raffolait et un bordeaux 1848, et il m'a bousculée à m'en faire perdre l'équilibre. Il y a ainsi des hommes qui renversent et parlent après. D'autres qui causent et étreignent ensuite. James faisait partie de cette seconde catégorie, Gustave de la première. Il était pressé, bestial pour les choses de l'amour, son désir, irrépressible, indélicat, n'attendait pas. Pincer le bout des seins, c'était sa façon d'ouvrir toutes les portes d'une femme. Puis, il vérifiait si sa méthode fonctionnait.

Quand la nature lui donnait raison, il passait à l'assaut. Les gémissements du plaisir ressemblent à ceux de la douleur. C'est comme une lutte mais c'est l'amour.

Après la lutte, Courbet s'endormait sur moi, et de léger, habile, aérien qu'il était dans le mouvement, il devenait lourd comme un de ces gros poissons échoués sur les plages. Ses narines se resserraient, ses lèvres molles et charnues s'affinaient et se durcissaient, il plongeait quelques instants dans un sommeil profond où il semblait reconstituer les forces que le précieux liquide en s'échappant de son corps lui avait dérobées.

Mon corps exploré, le sien vidé, Gustave avait paré au plus urgent. Apaisé il pouvait parler de son ami ; si Proudhon était vivant, il aurait rouspété : « Il m'aurait interdit de me laisser embraser par une Roussotte telle que toi. Il m'aurait mis en garde contre les risques que j'encourais à traverser une telle tempête. Et je lui aurais répondu : Mon cher Proudhon, ne pas y aller, c'eût été se vouloir du mal, non ? La mort lui a donné tort et me donne raison. On crève de frustrations, jamais d'abus. Il est hors de question de s'économiser.

« Tu es d'accord, ma Roussotte ? Et même si je ne me remets pas de la tornade que tu déclenches en moi, tant pis ! J'aime les ciels en colère, l'eau glacée, j'aime entendre mon cœur tonner à tout casser entre mes côtes. »

Il m'avait ôté mes vêtements sans regarder la jupe blanche achetée au Bon Marché pour l'accueillir. C'est seulement après, quand je me suis rhabillée, que lui revint l'usage de la parole et aussi de la vue.

« C'est un linge blanc beurre frais, comme ta jupe, qui recouvrira le haut de ton corps sur la toile. Ce bout de tissu sera le seul apport extérieur. Je ne veux rien à part toi. Rien qui distraie l'œil de ta beauté, ni pot de fleurs, ni fleuve, ni bijou, aucun animal, aucun meuble, aucun autre décor. Toi, toi seulement, toi qui emplis tout l'espace, ce morceau de corps incurvé, ondulant comme une invitation rétractée, et ce drap t'enrobant comme une joliesse, une espièglerie, une menace, celle de le rabaisser. Tu seras comme tu es, offerte et inconstante, offerte et capricieuse, offerte et pourtant secrète. Tu n'y es pour rien. Le secret est inscrit dans ta constitution, la cachette est dans ton corps, je la situe mais je ne la distingue pas, il me faut fermer les yeux pour la voir vraiment. Un mot de trop, une maladresse et le drap peut se rabattre, nous privant du plus beau spectacle du monde.

« Les femmes sont ainsi. Je me méfie d'elles et de toi en particulier. Même la plus amoureuse conserve son arme sous la main, les jambes qu'elle peut refermer, la jupe qu'elle peut boutonner, nous laissant dehors. Voilà pourquoi une femme belle porte la cruauté en elle. Changeante, fantasque, inconstante, inconséquente, romantique, versatile, tu es capable de t'offrir un jour et te refuser le lendemain. Alors, je veux te saisir pendant que tu te donnes et te garder ainsi dans mes yeux, quoi qu'il advienne. Je veux tes cuisses ouvertes, ton con exposé à mon regard comme sur un présentoir, je veux sauvegarder, garder, fixer, séquestrer ton con. Je le veux défait, écrasé, capitulé, vaincu par moi. Si je dois te posséder, c'est pour te peindre juste après, pour que ton visage traduise toute la douce et ambiguë satisfaction de l'amour.

« Ce que l'on ne voit pas est essentiel en peinture. Ton visage inondera la toile : on ne triche pas avec l'invisible. Et ton ventre reflétera le bien-être mieux qu'un sourire, aussi expressif soit-il. Je ferai rougir ton con. J'aime le rouge. Dans certaines tribus ancestrales, le rouge est un symbole de beauté. »

Sur le registre du secret, Gustave avait raison : il n'était pas seulement inhérent à mon corps, mais devait recouvrir un pan entier de mon esprit. Tout n'est pas bon à dire, ni à montrer. Je garderai donc mes découvertes pour moi. A quoi bon révéler à un homme ce qu'il sait déjà ? Les bavardages qui s'ensuivraient auraient pour unique utilité de me réconforter et rien n'est plus fragile et incertain qu'un homme qui s'explique sur son passé. Son émotion est exaspérante, son mépris suspect et ses silences inquiétants. Laissons les anciennes maîtresses au fond d'une boîte à souliers. Les peintres sont des amants suffisamment redoutables, ils emprisonnent les images, figent l'aimée sous la laque, souriante pour l'éternité. Joséphine, Laure, Lise, Virginie et les autres... embaumées, immortelles, éternelles dans leur linceul de couleur ne suscitent plus que l'admiration due à Courbet, parce qu'elles n'ont été que des supports, des faire-valoir à son art.

Ma prestation sera bien plus trouble, on ne verra pas mon visage et parce que ma chair appelle le désir, je demeurerai vivante dans le regard que chaque homme posera sur moi.

Chacune de ces poussiéreuses reliques suscitait des questions. Avec son pinceau, Gustave était vif et précis. Qu'aurais-je pu faire, moi, avec des mots maladroits, des phrases de circonstance pleines du remue-ménage qu'elles sécrétaient à chaque instant tandis que lui, avec son art, il allait droit au but ? Il m'aurait écoutée et il en aurait ri de son rire gras comme son embonpoint et sonore comme un coup de tambour. Il y avait de la disgrâce chez Courbet qui ne vous encourageait pas à le provoquer. C'était un animal, un gros chien, Léontine avait raison, mieux valait le caresser dans le sens du poil, ne pas s'affaiblir devant une masse pareille, ne pas s'offrir inconsidérément à la brutalité enfouie dans sa chair. J'offrais mon corps, mais décidai de garder pour moi les tourments provisoires de mon âme. Gustave ne m'engloutirait pas tout entière.

Et avec cette force nouvelle, la force d'une femme qui ne laisse pas approcher ses pensées, qui les ferme comme une tombe, me prit l'envie d'être la reine de cet homme, d'apprivoiser ce corps lourd et viril, ce mâle qui n'y allait pas par quatre chemins, cet énergumène toujours empressé pour les choses de l'amour, incapable de me parler avant d'avoir assouvi son désir de moi. Ce mâle sombre et complexe, cette tendre brute qui fixait son regard noir au fond de ma tête comme s'il voulait la vider de tous ses secrets.

Je fermerai la marche. Après moi son cœur ne s'emballera plus au moindre regard, à la moindre caresse. Je régnerai sur ce conquérant, je brûlerai l'herbe autour de lui. Toutes ces femmes qui dorment dans la boîte de carton ne pourront plus rien contre moi. Je serai le dernier amour de Courbet. « Sa tornade », comme il me disait.

11.

APRÈS l'amour, Gustave avait faim. Et comme je n'étais pas bonne cuisinière, nous descendions, souvent, dîner chez Andler. Mon bras sous le sien frottait contre son ventre.

Un soir, je me suis amusée à penser que, vus de l'une des fenêtres des immeubles bordant la rue Hautefeuille, nous offrions le spectacle d'un couple marié faisant quelques pas avant de remonter coucher leurs enfants. Je savais maintenant que je ne pourrais embrasser tous les destins. Etait-ce cela vieillir ? Choisir sa voie, ou plutôt en éliminer certaines ? J'étais pour toujours une Roussotte, une Irlandaise, un modèle, pas de ceux que l'on imite, mais de ceux que l'on peint. J'avais suivi des hommes, j'avais exaucé leur volonté et, ce soir-là, l'évidence me sautait aux yeux : le choix de cette vie m'en interdisait une autre, mais c'était ainsi.

Les murs de la brasserie Andler avaient été établis sur les ruines d'un ancien prieuré. C'était un cabaret de village, une brasserie tenue à la mode allemande. La salle était longue et pavée, les murs peints à la chaux, pas de miroirs, pas de divan, mais des bancs, des tables en bois et des jambons pendus au plafond. Il y avait sur un buffet des guirlandes de saucisses, des meules de fromage grandes comme des roues de charrette et d'appétissantes choucroutes. Plus loin, dans une sorte de niche, un billard derrière lequel Courbet et les réalistes tenaient salon.

Andler était d'origine bavaroise et la prononciation du français lui était demeurée étrangère. Courbet et lui se congratulaient en s'enlaçant et en se tapotant le dos tandis que la mère Grégoire, son épouse, me dévisageait avec méfiance. Elle était connue pour être une Suissesse aussi opulente que vertueuse qui faisait, derrière son comptoir, les gros yeux aux maîtresses des étudiants, les bras croisés entre deux pots de fleurs comme Courbet l'avait peinte.

Le père Andler avait l'habitude de nous offrir deux bocks de bière et nous partagions quelques saucisses à la moutarde derrière un guéridon taillé dans un tronc d'arbre.

Gustave travaillait mieux l'estomac plein, les sens apaisés, les exigences de son corps satisfaites.

Quand il en était là et que le besoin de peindre le prenait avec une sorte de fureur, il lui arrivait de quitter la table avant la fin du repas et de m'intimer en gueulant très fort l'ordre de le suivre. Sa voix de ténor portait et, comme il ne savait pas se censurer, nous pouvions nous retrouver dans une situation gênante. Je l'obligeais à se taire et la dernière bouchée de tarte Tatin avalée nous remontions à l'atelier, empressés comme des amants après une séparation. Courbet aimait se tenir derrière moi dans les escaliers dix-septième qui menaient à l'ancienne chapelle des Prémontrés où il avait élu domicile, et je ne pense pas que c'était pour prévenir une éventuelle chute, mais pour regarder le mouvement de mes hanches.

De temps à autre, il posait ses mains autour de ma taille, relevait ma jupe, s'enquérait de la couleur de ma culotte. Ces choses-là l'intéressaient bien plus que la propreté de l'appartement à laquelle il ne prêtait aucune attention.

Lui, à qui n'échappait aucun détail d'une conversation, aucun trouble dans un regard, ne voyait pas la poussière sur les meubles et les objets. Courbet voyait son pinceau à la main, le reste du temps il était aveugle.

A peine arrivés, il me demandait de m'allonger, frictionnait ses mains pour les réchauffer avant de les poser sur mon ventre. Puis il auscultait. Je cherche un autre mot pour qualifier le geste de Courbet, mais je n'en trouve pas. Les yeux fermés, j'aurais pu me croire chez un médecin. Il enfonçait ses doigts du côté du foie ou de la rate, comme s'il y puisait de mystérieuses informations.

« J'aime que la chair me raconte une histoire. Je l'aime bavarde et inspirée, la chair. Le neuf ne m'intéresse pas.

« C'est vide et lisse, le neuf, c'est triste, aride, amnésique, désertique ; les ventres de vierges ne racontent rien, tout au plus l'histoire de leur mère. Moi, j'aime les marques, les traces du temps, le tissu maculé, le cuir tanné, les casseroles culottées, le vin vieilli, la menthe infusée, le chevreuil faisandé, les ventres arrondis, généreux et hospitaliers de celles qui ont pris et donné, les ventres qui ont abrité des hommes, recueilli leur substance, porté leurs enfants. Viens près de moi que je te touche et que je me souvienne si tu es une femme ou une pucelle. »

Courbet passait la paume de ses mains sur ma peau comme un gamin qui veut aplanir le sable sur la plage avant de dessiner.

« Voilà. Je veux que tu saches ce que je vais garder et ce que je vais cacher ou laisser dans l'ombre et que tu comprennes pourquoi. Là, dit-il, en traçant une ligne au-dessous de la poitrine, je prends le sein droit, j'abandonne le gauche, un seul me suffit. Je veux ta taille et le bourrelet qui la souligne, je veux le nombril – j'adore le nombril –, je veux ces hanches replètes et grassouillettes. Voilà de quoi remplir les mains d'un honnête homme. Je veux l'amorce des cuisses que je sectionnerai à vingt centimètres du genou environ, je laisserai un peu plus de la cuisse gauche pour compenser le sein que je n'aurai pas de ce côté-là. Et tes cuisses ouvriront sur la forêt, les dunes, l'oasis du désert, le gazon brun, la pelouse brûlée par le soleil, là, surtout là, à la lisière du fleuve qui serpente, le long de la virgule où s'élève une rangée de poils roux, une haie dressée, menaçante presque, pour cacher le trou, la grotte, la source de la Loue, la fente, la faille, le chemin bordé de ronces, la rivière enchantée, les lèvres magnifiques qui descendent jusqu'à la raie du cul.

« Ta fente se dessine : il y a une touche de violet dans cette chair, il y a de l'encre, du sépia, de la rose de Bohême, du thé, du safran. Les pigments sont les épices. Regarde comme tu es piquante... Comme en cuisine, en peinture il ne faut pas avoir peur d'en rajouter pour réussir un tableau. Je vais te mitonner, t'enduire, te faire mariner.

« Jamais on n'aura vu un meilleur con. Un plus magnifique, un plus affectueux, un plus offert, un plus langoureux que ton con devenu le con de Courbet. »

Et il riait fort, transporté de joie à cette idée, et son rire se répercutait dans l'atelier.

« Pour amadouer un con, je m'y connais, disait-il. Viens ma poule, que je t'habite pour que tu m'habites, pour qu'en toi tu me portes et me reflètes comme le miroir d'un lac où je me serais plongé, ébroué. Viens, que nous fabriquions notre pathos, notre sauce, notre chair. Prends un peu de moi pour que le portrait de Jo soit en fait le mien.

« Laisse-moi tes poils, ne les cache pas, ne proteste pas, j'aime cette touche d'animalité sur ton corps. Laisse-moi peindre cette touffe, je tiens à ce côté bestial, cette différence entre ta peau lisse, douce et ce mont fleuri. Tu n'es pas une Aphrodite, ni une tête de veau bouillie que l'on voit traîner dans les vitrines des boucheries le persil planté dans les oreilles. Tu es une femme. La femme épurée de sa toison n'en est pas une.

« Des nus, il y en a partout, dans toutes les églises même, et sais-tu ce que le nôtre aura de particulier, ma Roussotte ? Son cadrage, comme dirait Nadar. Quarante-six centimètres sur cinquante-cinq me suffiront à te rendre en nature. »

Et Courbet rabattait son avant-bras en travers de mon corps à la hauteur de la poitrine et des cuisses.

« La coupe ! Voilà pourquoi ils se tortilleront tous sur mon œuvre, à cause de la coupe ! Je vais peindre un tronc légèrement de biais, je veux ta fente oblique, proche de la diagonale, surtout pas verticale. Je suis fou : je vais me débarrasser du plus ravissant visage de l'histoire de la peinture, de bras et de jambes, et ce n'est qu'au prix de ce sacrifice que je parviendrai à mon but : un chef-d'œuvre. Je ne veux garder que le tronc et ça, personne encore n'a osé et en peinture personne n'y est encore parvenu, Jo. Flaubert doit sabrer sans pitié dans son travail pour arriver à cette perfection. La littérature a un cran d'avance sur la peinture. Tant mieux, mon pinceau aura la précision de la plume et mes ombres seront aussi justes que des mots. »

Puis il répéta, je l'entends encore :

« Quarante-six centimètres de ton corps sur cinquante-cinq me suffiront.

« J'ai besoin de ton visage qui me regarde et que personne ne verra, sauf moi qui tiens le pinceau. Quel gâchis, me dira-t-on... un si beau visage ! Mais pas du tout ! Puisque ton visage se reflète sur ton ventre, je regarde ton ventre et je sais qu'il appartient à une très belle femme. Cela se sent, dans je ne sais quoi, dans ton assurance, dans la sérénité de ta chair. Le con d'une femme laide est différent, il est plus étroit, plus timide, plus je ne sais trop quoi. Ton con, c'est la perfection. L'amateur devinera la beauté suprême qui se cache derrière ce mont.

« Laisse l'amateur venir à nous... Restons cachés, là, derrière la dune. Il faut toujours laisser les hommes venir à soi. Crois-moi, si tu vas les chercher, fais en sorte qu'ils ne le sachent pas. Les hommes sont des chasseurs, ne leur enlève pas cette joie-là, Jo.

« Voilà la pose qu'il faudra retrouver : le ventre, la poitrine, un sein, cachés derrière le buisson. Les cuisses sont deux chemins qui mènent à lui. Tout mène à lui, et lui, le châtelain, est là, magnifique, impérial, resplendissant. Il règne sur ses terres vallonnées, solidement implanté au premier plan de la toile. Là, on ne verra que lui, le con, la source tiède, la sombre et divine énigme. »

Il caressa mon visage et avec son pouce appuya sur les ombres nouvelles, selon lui.

« Quels fantômes ont hanté ton esprit pendant mon absence ? me dit-il. Il ne faudrait jamais laisser une femme seule dans l'appartement d'un homme. »

Et comme s'il avait tout deviné, il poursuivit :

« Ne regarde jamais en arrière, Jo, n'écoute ni les uns ni les autres. Trace ton chemin. Fuis les interprétations comme la peste. N'écoute que mon pinceau. Lui ne ment pas. Mieux que tous les mots il va te dire mon désir de toi, ma vénération de la femme, et mon amour pour toi en particulier.

« Tu liras tout ça le tableau achevé. Chacun de mes coups de pinceau te le dira. Cette œuvre sera l'expression de ma passion pour toi, monumentale, intemporelle et si présente par tes lèvres, par ce sourire que plus jamais personne n'oubliera et qui donnera des ailes à tous les hommes et des rougeurs aux joues des femmes qui découvriront leur beauté en te regardant. Rien à voir avec cette femme spirituelle qui émanait de *La Fille blanche*. Qu'il était ennuyeux ce portrait ! Je vais te redonner des couleurs, du pigment, du piquant à enflammer le corps, l'esprit et les sens des hommes du monde entier. »

Mais soudain, quitte à briser le rêve, il me parut essentiel de savoir entre les mains de qui ma chair allait finir, alors je demandai à Courbet :

« Pour qui peins-tu ce tableau ? »

Je décelai aussitôt de la tristesse dans son regard.

« Le sourire du monde appartiendra au monde ! Je n'ai pas les moyens d'acheter mes tableaux : alors je les vends à des mortels comme moi pour que leurs héritiers, un jour, les lèguent à des musées. Je t'ai parlé de Khalil Bey. C'est pour lui que je peins ton sourire, mais l'idée de cette toile n'est pas de lui. Il m'a simplement commandé un nu. »

Et, en riant, il ajouta :

« Il va être surpris ! »

Courbet venait de m'envoyer la facture au visage.

Notre intimité était à vendre !

La valeur d'une femme se révèle dans la peine.

Garder ses larmes est un exercice similaire à celui de retenir ses mots, exercice auquel, tôt ou tard, nous sommes toutes confrontées. « Facile, me disait ma mère. Il suffit de regarder le plafond et de respirer doucement par le nez. Concentre toute ton attention sur ta respiration au point d'oublier la raison de tes pleurs », me conseillait-elle.

Apparence. J'ai toujours rêvé d'accorder l'apparence à la réalité. Là, je ne le pouvais pas.

« Dis-moi, Gustave, est-ce que M. Khalil Bey assistera à nos séances de pose pour vérifier que la marchandise est bien à son goût ? Est-ce qu'il sera autorisé à toucher, tâter, pénétrer dans la caverne avant d'allonger ses billets ?

« Dis-moi, Gustave, est-ce qu'il s'est entretenu avec toi ? Souhaite-t-il que ma fourrure soit plus rousse, moins fournie, que la lisière de la rivière soit bordée d'un rose plus cramoisi, ou plus pâle, presque blanc comme celui d'une vierge, par exemple ?

« Khalil Bey et toi, avez-vous eu ce genre de conversation ? M'as-tu découpée en tranches avant de me vendre ? Et l'amour dans tout cela ? L'amour qui m'a amenée là, qu'en as-tu fait ? Tu as jeté l'appât une fois la proie capturée ? Lui as-tu avoué que tu serais dans le tableau, que sous ma chair tu serais là toi aussi, dur, raide, chez toi en somme ? Gustave, je te soupçonne même d'avoir augmenté ton prix : deux sexes pour le prix d'un seul. Une affaire ! Est-ce qu'il saura, M. Khalil Bey, que c'est grâce à toi qu'il bandera devant moi ? »

A ce moment, j'ai pensé que Courbet était ignoble, dénué de tout sens moral. Il m'avait juré le secret le plus absolu, il me semblait logique dès lors que ce tableau fût nôtre, un ornement de notre chambre qui retournerait sous le lit dès que nous quitterions la pièce. Je croyais que personne à part lui et moi n'en connaîtrait l'existence, et voilà qu'une troisième personne se joignait à nous, participait au festin avant de m'emporter roulée dans une couverture avec la toile. J'avais entendu et lu tant de critiques sur Courbet et ses mauvaises manières que, soudain, elles me parurent plus que justifiées. Mais je n'aimais pas donner raison à ses ennemis.

Les conseils de ma mère ne servirent à rien. Malgré mes yeux rivés sur le plafond craquelé de la rue Hautefeuille, ma respiration ralentit au point de frôler l'asphyxie, mes larmes coulèrent en cascade sur mes joues. J'étais l'eau sous le pont d'Ambrussum, l'eau des arcades de Francfort-sur-le-Main, j'étais la trombe d'Etretat.

Mis à part la panique de Courbet devant mes pleurs, je ne retirai rien de cette conversation.

L'animal me traitait de biche. Le sauvage reconnut ne pas avoir consacré assez de temps à m'expliquer.

« Jo, je ne peux pas dire ce qui est encore à l'intérieur de moi. On n'éclaire pas les ténèbres. »

Silence. Pendant lequel Courbet dut redouter que je me dérobe confrontée au flou de ses indications. Je voulais savoir où il m'entraînait.

Est-ce qu'il signerait ce tableau ? La raison de cette œuvre était-elle l'amour de moi ou celui de l'argent ou de la provocation ?

« Jo, seul mon désir de toi me conduit à peindre cette toile. L'argent ? C'est avec les chevreuils que je remplis le mieux mes poches, pas avec les biches... »

Gustave continua de me prodiguer des paroles rassurantes sans me laisser l'interrompre.

« Tu es l'original de *L'Origine*. Tiens, cela pourrait ressembler au titre d'une chanson que Jean-Baptiste Faure fredonnait l'autre soir chez Andler, *L'Origine du monde*. C'est beau, non ? En l'occurrence il s'agit plutôt de l'origine de l'homme. C'est pas mal non plus !

« Jo, j'ai vendu jusqu'à mon autoportrait préféré, *L'Homme à la pipe*, dont on m'accuse méchamment de l'avoir exposé pour me faire reconnaître par le public.

« Quand il me manque, je me regarde dans la glace... Je sais, les glaces ne fixent rien et tout fout le camp sous le mercure, tout se craquelle, se dilue, se tache, et vingt ans après tu te retrouves avec une gueule de vieillard à la Rembrandt, aux yeux délavés, alors que j'ai été un jeune homme fringant au regard noir ; mais c'est moi. C'est ainsi que je deviendrai et ce n'est pas s'aimer que de ne pas s'accepter vieillissant. Je veux passer l'épreuve du temps avec toi. Je veux voir tes cheveux pâlir, ton visage se plisser, je veux être là quand personne enfin ne se retournera plus sur toi à part moi pour qui tu resteras Jo, la Roussotte, l'Irlandaise, la belle de Trouville, la femme en mémoire. Je n'ai pas besoin de te fixer sous la laque, de te momifier pour t'aimer. J'aime la vie en toi plus que l'image. »

Tel fut, si je me souviens bien, le discours que Courbet tint pour me faire admettre qu'il devait vendre cette œuvre si intime après m'avoir convaincue de poser.

Puis, comme s'il en avait assez de se justifier, il prit un ton plus solennel et déclara, la voix ralentie par une sorte de violence contenue, que chaque mot pour expliquer son œuvre appauvrissait sa peinture. S'il en parlait trop, il ne lui resterait plus rien à peindre. Mon inquiétude légitime l'avait obligé à prendre ce risque, une dernière fois. Il me demanda d'oublier Khalil Bey :

« S'il n'y a pas de tableau, il n'y aura pas de Khalil Bey, et s'il y a un tableau, je déciderai de son sort. Ce tableau sera fait de ta chair ou ne sera pas.

« Laisse-moi transposer ton corps, rendre

l'épiderme, le sang sous la peau, tes veines invisibles, les poils, le duvet, les muqueuses, la fente gris-bleu de la raie des fesses, le galbe diaphane de tes cuisses ouvertes et celui de tes seins aplatis, ta chair vivante, humide, tes orifices, ouverts et fermés.

« Je veux peindre le trompe-l'œil le plus magnifique de l'histoire de la peinture, Jo. Je veux qu'en regardant cette œuvre on sente le velours du dedans. Jo, laisse-moi peindre et empêche-moi de parler. Je ne veux pas comprendre, pas trop. A quoi bon chercher si l'on sait quoi trouver ? »

Courbet plongea la tête entre ses mains comme pour récupérer quelque chose qu'il venait de dilapider. Il avait le regard flou, étrange, il me voyait de l'intérieur, je pense.

C'est alors qu'il commença.

Il se leva, releva ma jupe blanche et tenta de l'enlever par le haut, s'arrêta en chemin alors qu'elle recouvrait mon visage et une partie de mes épaules, me dirigea vers le sofa.

« Tu n'as pas besoin de voir. Je dégage un œil, juste un. Garde-le fermé, au début. »

Il attrapa mes cuisses, les pétrit.

« Ecarte bien tout ça. Ne t'inquiète pas, détends-toi ma Roussotte, que rien ne m'échappe. »

Gustave caressa mes poils, les éparpilla, racla les dents de son peigne en fer sur la peau de mon pubis, défit un nœud, passa, repassa le peigne, esquissa une raie centrale, s'éloigna pour juger de l'effet, se rapprocha, puis ébouriffa ma toison.

« Comme tes cheveux, je les préfère bouclés. Voilà, laissons les poils retrouver leur sens spontané. Une femme en cheveux, en somme. Regarde comme ta brune pelouse s'étale en triangle parfait sur le ventre pour s'amoindrir vers la fente et fondre dans le cul.

« Laisse-moi frictionner tes poils avec une larme d'huile de vison, tu vas voir comme ils vont devenir soyeux. Regarde, cette fois ta pelisse raconte ta bouche et tes cheveux, il y a même là, à la lisière de tes cuisses, des reflets roux pour qui sait observer. Quant aux poils indisciplinés, ceux qui dépassent de trop, je vais les couper. »

Je me souviens de la sensation des ciseaux froids posés sur ma peau et du bruit des deux lames frottant l'une contre l'autre, puis de l'air satisfait de Courbet.

« Regarde comme tu es belle : j'ai les seins, le ventre, le sexe, il ne me manque que les fesses dont je n'ai que l'accroche. J'aurais pu te peindre de dos aussi, insister sur la rotondité un peu flasque de ton cul, enfoncer mon pinceau dans tes fossettes au-dessus de tes reins, et à l'inverse dessiner la naissance de ta source. Je laisse les postérieurs à Renoir, il en fait une spécialité. Moi, j'affronte le gouffre magnifique, le grand couloir, le boulevard, le vagin qui crève la toile au risque d'y être aspiré et de ne pas en revenir vivant. C'est là que je voudrais m'endormir pour toujours. »

Je n'avais pas honte encore. Honte de quoi ? Je ne voyais rien. Courbet me pelotait, me tripotait, me pétrissait, s'appropriait ma chair et ces sensations-là m'étaient familières. Fini le temps où, avant de me déshabiller, je jouais à la jeune femme prude, parce que l'éventualité du refus excite le désir des hommes. Courbet était insensible à ces taquineries. Il savait que de toute façon je me déshabillais toujours.

La honte me vint seulement lorsque Courbet s'éloigna de son chevalet et elle n'avait rien à voir avec la coquetterie d'une femme dans l'amour.

Je redoutais le regard du peintre, pas celui de l'homme.

« L'homme et le peintre sont les mêmes, dit-il.

— Non, tu es différent derrière le chevalet.

— Je suis inoffensif, je n'ai plus de désir. »

Voilà. Je venais enfin de comprendre pourquoi j'avais peur. Sans le désir de l'autre, la nudité est aussi ridicule que de danser seule ou sans musique sur la piste d'un cabaret.

Le chevalet de Courbet nous séparait : seule, j'étais encore plus nue, de cette nudité que l'on compare sans poésie à celle d'un ver.

Nue comme ces sculptures offertes sur le parvis d'une place ou d'un musée aux regards des visiteurs.

Nue comme le mot le plus simple de la langue française, à peine deux lettres au masculin.

J'avais perdu toute la ribambelle d'adjectifs qui habillent et réchauffent un corps sans apprêt.

« La nudité sans le désir n'est rien, de l'obscénité à la rigueur.

– Tu oublies l'art », me dit Courbet en s'approchant de moi.

Quand Courbet a relevé ma jupe, il a posé sa main sur mon ventre, et ma jupe n'était plus beurre frais, mais elle me sembla pâle comme un drap d'hôpital et ma chair plate comme un champ opératoire. Alors je lui ai dit :

« Ton avant-bras s'abat tel un couperet sur ma gorge, mes cuisses, mes bras. Tu n'as besoin ni des jambes, ni de la tête. Un tronc te suffit, alors tu coupes !

– Derrière le chevalet, je ne suis ni chirurgien, ni homme, je suis un artiste. Comme toi. Tu participes à cette œuvre autant que moi, oublie ton cul ! Au travers de ton corps c'est notre amour que je peins, au travers de ton corps, c'est moi. Tu es nue pour l'art, et pour l'art je fais taire mes sens. Mon regard qui se promène sur toi ne cherche qu'à dévoiler les secrets les plus intimes de ta chair. Toute mon attention passionnée, obstinée, ne l'est que par le décryptage des couleurs, de la matière de ce morceau de chair. Et la vie de ton corps fait rêver ma toile.

« Jo, quand je suis derrière le chevalet tu n'es plus une femme, tu es la femme, et c'est trop difficile à rendre, trop intimidant pour bander. Ceux qui regarderont le tableau ne savent pas comme le réel est complexe. Et ils banderont parce qu'ils n'auront pas peiné sur ta peau, ils ne t'auront pas vue intimidante et mystérieuse derrière ce drap relevé.

« Un jour, alors que j'apprenais le dessin dans une école à Ornans, notre professeur a fait venir un modèle, une jeune femme brune d'une vingtaine d'années. Elle se déshabilla naturellement devant nous – nous devions être une douzaine de jeunes gens et deux ou trois femmes. Elle s'allongea sur une nappe à fleurs comme le professeur le lui demandait. Tous nos yeux étaient rivés sur elle, dont les miens qui voyaient une femme nue pour la première fois. Quand soudain elle hurla, s'enroula dans la nappe fleurie, le doigt pointé vers la fenêtre d'où un peintre, en bâtiment celui-là, la regardait. Elle partit en courant. Cet homme l'intimidait : il ne faisait pas partie de l'œuvre. »

J'étais l'origine du monde

Courbet arpentait la pièce, son pinceau à la main. J'étais allongée, immobile, comme une proie sans défense devant ce diable d'homme qui avait l'art de se faire craindre et admirer.

12.

« MAINTENANT je dois aller vite, a-t-il dit. Je vais toujours vite. Cette fois ce sera encore plus rapide qu'à l'accoutumée, un sujet comme celui-là ça ne se réchauffe pas. C'est un incendie, cette toile. D'ailleurs il y aura du rouge comme une flamme au milieu. Du moment où j'attraperai mon pinceau je ne le lâcherai plus. Juste de quoi me dégourdir les jambes, bourrer ma pipe, étancher ma soif d'une bière blonde et mousseuse, satisfaire mon appétit ou me réchauffer dans la baignoire. Tout mon esprit demeurera niché dans ton ventre, pas une seconde je ne me laisserai distraire ou détourner de son centre, de son univers de couleurs, de la chaleur qui irradie. Je m'éloignerai seulement de quelques mètres pour mieux revenir, plus neuf, plus critique,

ayant volé par-ci par-là quelques bribes d'insi-
gnifiance pour te regarder différemment. Je
ramènerai tout à ton milieu, je ne soignerai
mon corps et mon esprit que pour mieux te
servir, je serai à ta dévotion, aux ordres de toi,
je serai ton maître, ton esclave. »

Pendant que Gustave me parlait, je regardais
cet amoncellement de tubes, repliés, récupérés,
comme autant de sexes d'hommes rabougris.
Les étiquettes étaient décollées, seule la salissure
donnait l'indication de la couleur, des jaunes
bouton-d'or au jaune moutarde, des rouges vermillon, des oranges, des bleus ciel ou turquoise,
couleurs tranchées, simplifiées, couleurs d'éco-
lier. Toutes ces pâtes vives et huileuses, Gustave
allait les transposer, les accommoder, les mélanger, les transformer en rose des porcelaines
Ming, en vert-de-gris de théières oxydées, en
pourpre cardinale, en transparence occulte.

Gustave s'était assis près de moi, fatigué,
importuné par mes interrogations, j'avais pénétré un domaine interdit, celui de sa création.
Il comprenait les mystères du monde en les
peignant, pas avant. Et moi, à cause de mon
inquiétude, je l'avais obligé à devancer son pro-

cessus au risque de l'appauvrir ; il me considéra, dans le silence, avec un certain recul, malgré notre proximité, attrapa le bout de mes doigts et les embrassa avec une très grande délicatesse. Nous restâmes assis, sa main dans la mienne, un certain temps.

« Jo, me dit-il enfin, les paupières presque closes, le vide, c'est le sujet, le centre du tableau. Je peins autour du vide parce qu'un tunnel ne se représente pas. Il faudrait inventer le noir d'une nuit sans étoiles, le noir d'un conduit de cheminée, son âtre pour le réchauffer. Et ton vagin, c'est le contraire. Ton vagin, c'est la lumière, les étoiles, le soleil, la douceur, la chaleur. L'intérieur ne se décrit pas, il se ressent partout avec ses plissures, ses nervures, il y a du pétale de pivoine et des veines d'un cheval au galop dans tout ça ; il y a la délicatesse et la violence à la fois, mais il y a surtout toi, toi tout entière, toi dans ta vérité, dans ton entité, toi centrée, équilibrée par cet espace, par cette secrète galerie, le boulevard, l'allée royale, le nid de l'amour, la place de l'homme au centre de la femme, la mienne en ce moment, ce rien et cette supériorité. Là, il y a

l'origine des plus grands bonheurs et des déses-
poirs les plus profonds. Jure-moi que tu ne me
quitteras pas quand tu auras vu le tableau. »

J'ai juré au nom de son art pour l'aider, pour
qu'il en finisse avec moi et mes jambes ouvertes.
Cette œuvre était une longue volupté et, quoi
qu'il advienne, il fallait que Gustave aille
jusqu'au bout, qu'il jouisse de son art. Parce
que s'il tenait à ma chair, je savais qu'il tenait
encore plus à ma chair transposée, réinventée,
accouchée de ses mains.

Je devais renaître de tous ces tubes alignés,
pointés, prêts à couler pour moi et devant moi.
Gustave recréait l'ordre du monde : une femme
allait être engendrée par un homme, sortir de
ces cylindres verrouillés, fermés, vissés par des
bouchons multicolores. Les tubes neufs sont
les plus longs, gonflés des pâtes qu'ils renfer-
ment, prêts à jaillir à la moindre pression. Alors
qu'il faudra continuer de plier le corps des
vieux tubes pour en sortir leur matière durcie,
leur essence évaporée à force de bleuir l'horizon
et verdir la campagne.

Pour les paysages humains, le choix des
nuances est différent, bien que je me souvienne

avoir vu du vert et du gris sur la palette pour peindre mon visage. Les mélanges se produisaient avec la plus grande rapidité et le plus grand empressement, et la couleur initiale disparaissait entièrement pour devenir une autre. J'imaginais que cette fois Courbet travaillerait dans les tons de vieux rose, du blanc ivoire, du blond doré, des rouges carmin, des terres de feu, de Sienne et de l'Atlas. Toutes ces teintes de si nombreuses fois utilisées pour représenter Ginette, Laure ou Virginie, tous ces pigments qui avaient rosi leur cul, blanchi leurs seins et noirci leur toison étaient encore là, alignés, prêts à recommencer une fois encore, peut-être une dernière, le miracle, dont je fus moi aussi le témoin privilégié et incrédule.

Le mystère ne venait pas d'eux, ni de la main de Courbet, le mystère était dans son œil noir. Celui qui calcule, qui analyse, qui décortique. Et s'il m'arrivait de trembler c'est qu'il y avait du médecin légiste, du vampire, du boucher même dans l'acte de peindre la chair comme le faisait Gustave. Et dans cette affaire qui touche au sacré, nous étions tous les deux coupables, lui parce qu'il s'approchait de Dieu, moi parce que j'acceptais d'être recréée comme si l'œuvre de mes parents ne me convenait pas.

Telles étaient mes pensées, en attendant de commencer... puis Courbet m'avait tirée par la main, celle-là même qu'il embrassait quelques minutes auparavant.

13.

VOILÀ venu le temps de l'immobilité et du
silence. Le temps des crampes, de l'anky-
lose et des fourmillements. Je gardais la posture
que Courbet avait donnée à mon corps. J'aurais
voulu abandonner mes pensées pour adhérer
aux siennes, l'accueillir dans ma tête comme je
le recevais dans mon corps, être son abri contre
les tempêtes que je déclenchais.

Mais je ne pouvais oublier que j'étais aussi
un spécimen de ventre, un échantillon de
femme, un standard, un type de rousse, une
maquette, un gabarit, un patron, un moule
d'Irlandaise. Peu importait le terme d'ailleurs.

Courbet allait peindre la réalité en bloc. La
vérité porte en elle la beauté, disait-il. Inutile
de lui demander de gommer un défaut. Son
art pouvait s'épanouir autour d'une jambe trop

lourde, d'une bouche trop mince, la beauté du sujet n'avait rien à voir dans l'affaire. La *Vénus* de Titien avait une tache.

Moi, je me préférais peinte par Whistler. Avec James, j'étais toujours plus mince et mes traits étaient plus réguliers.

Gustave me voyait autrement. Je n'aimais pas *La Belle Irlandaise*, ce portrait de moi tant de fois recommencé à la demande des clients et dont il avait gardé un exemplaire pour lui. Mon regard y est lourd, mes joues trop rouges, mon nez aquilin et mon embonpoint même léger se lit sur mon visage. Pourtant cette toile avait eu tant de succès ! Alors que *La Fille blanche*, si pure, si belle, si frêle, où je suis tellement à mon avantage, avait été refusée au Salon des Indépendants. Dieu sait comment il allait peindre mon ventre et à quel animal mettant bas je ressemblerais !

Courbet forçait la nature, peignait l'âme autant que le corps, je n'en étais que plus terrifiée de poser pour lui.

« Tu n'es pas fragile... Whistler se trompe pour te faire plaisir, il se trompe parce qu'il n'a rien compris, le tableau en est gênant. Il peint la façade. Si le peintre ne va pas fouiller derrière l'apparence, le tableau est raté, n'a pas d'intérêt. »

Courbet maniait le couteau. Ce même couteau qu'il utilisait pour creuser des rochers, pour élever une montagne, il s'en servait pour mon ventre.

« La nature sous le soleil est noire et obscure », disait-il. Alors il étalait mon ventre comme jadis mon visage sur un fond opaque et sombre, parce que la lumière ment, elle écrase le détail et gomme les nuances ; dans un second temps seulement il apportait la lumière, éclairait les points saillants tandis que j'étais allongée sur le canapé. En attendant, il préparait son matériel, nettoyait son couteau, trempait ses pinceaux dans l'essence, en essuyait d'autres, triait ses tubes. J'écoutais le bruit de chacun d'eux expulsant leur pâte. Il y avait des tubes au jet anémique et aux couleurs déprimées tandis que d'autres semblaient contenir en extrait toute la force du monde ; de mon sofa je voyais combien les flammes, l'ocre, le cramoisi prédominaient. A tel point que je me demandais si ce n'était pas mes entrailles que Gustave s'apprê-tait à peindre.

Je dénombrai une vingtaine de taches grosses comme des noisettes qui s'entremêlaient et qui me définissaient. Alors, j'imaginai qu'en mélangeant ces couleurs comme on écrase une pomme de terre avec du beurre frais ou un fromage blanc avec du sucre en poudre, j'obtiendrais la tonalité semblable à la vase des marées, une eau boueuse comme de la pourriture, ou encore du vermoulu, du limon, de la souillure qui prédominent sur toutes les palettes, de tous les êtres humains et la mienne en particulier.

Plus bas, il y avait une espèce de macaron blanc, isolé des autres couleurs parce que au moindre contact la pureté est contaminée.

Gustave ne parlait plus, il tournait autour de moi. Il cherchait l'angle, l'instant propice. A partir de ce moment-là, tout comptait, même les silences, même l'inaction.

Je ne bougeais pas. Je me concentrais. Est-ce ce recueillement que l'on appelle prier, cette invitation à se retrouver, à réfléchir sur soi, sur nos actes et leurs conséquences ?

Inclure Gustave dans mes prières ne servait à rien.

Gustave n'était pas en bons termes avec le Seigneur et, de temps à autre, cette vieille querelle resurgissait. Il n'était pas dans mes moyens de les réconcilier. Si, parfois, je plongeais mon visage entre mes mains pour m'exclure de l'atelier, c'était dans l'espoir de trouver derrière mes paupières fermées un appui, une approbation, une justification. Je n'y trouvais que de l'amour.

Pas celui de Dieu ou des autres, mais l'amour physique qui emboîte les corps.

Je n'entendais que des respirations saccadées, entrecoupées de mots, je sentais, au point d'en frissonner, la masse d'un corps d'homme accroché à mon dos, qui s'amusait de moi avant de me retourner.

L'homme pouvait être Courbet, mais il pouvait être un autre, aussi. Un voisin de table de chez Andler, un passant croisé dans la rue, jamais Whistler. Je ne le désirais plus lorsque je l'avais quitté. Voilà où me menaient Dieu et l'immobilité.

Après tout, s'il m'avait créée ainsi, avec les

exigences de mon corps, il ne devait pas m'abandonner au moment de trouver la force de les assumer.

Il fallait croire en l'amour pour le servir à ce point, pour accepter la domination d'un homme, parce que c'est en dominant qu'ils aiment aimer.

Je m'étais soumise à l'œil de Gustave. Cet œil si particulier dont l'iris et la pupille se confondaient, tant la pupille était noire et l'iris dilaté. Quand le cercle brun disparaissait sous l'astre central, c'était l'éclipse totale : un regard de fauve, de rapace, diabolique et diabolisé par la concentration, par ce magnétisme hypnotique qui me fixait.

Courbet voit plus que les autres. Son œil décortique, analyse, prend, interprète, rapporte sur la toile. Il triomphe de tout, du jour comme de la nuit.

Cet œil se promenait entre mon visage et mon ventre.

Je ne pouvais plus lui échapper, à moins d'arrêter le temps au moment même où mon corps allait cesser de m'appartenir.

J'étais l'origine du monde

Trente-sept ans après, cet œil est resté dans ma mémoire.

Courbet était sur le point de s'approprier mon image.

J'étais certaine que cette démarche n'était pas anodine, qu'il y avait un danger à céder son apparence, à se laisser amputer d'un bout de chair par un regard de cette intensité.

Chaque instant, l'œil de Courbet devenait plus intense et donnait la vie en prenant la mienne.

Cette servitude est le sort de tout modèle. James m'en délivrait au rythme de son inspiration, neuf jours pour *La Fille blanche*, Gustave, avec une précipitation bien à lui, me prit quelques heures seulement pour *La Belle Irlandaise*, mais la reproduisit en quatre exemplaires. Les peintres qui m'ont aimée ont absorbé un peu de ma vie.

Gustave, cette fois, venait me chercher jusque dans mes derniers retranchements avec une sorte de furie, il ne voulait pas seulement mon image, il voulait ma chair, mon sang, mon âme, il abolissait vêtements et décor, je n'avais plus aucun moyen de me protéger de son regard, je devenais une proie à sa merci, une femelle bonne à peindre, une femme indigne qu'il pouvait tordre comme un morceau de guimauve dans la position qui lui semblait la meilleure, une femme privée d'avenir pour avoir préféré un présent éternel et scandaleux à un futur ennuyeux.

Je ne regrette rien. Si la mort me guette aujourd'hui, quelle importance ! La mort ne m'enlèvera rien sinon la brève lumière de ces instants qui m'ont fait chavirer.

Avant de m'endormir pour toujours, je sais que je reviendrai à *L'Origine* parce que jamais je n'ai ressenti la vie aussi intensément que pendant ces moments d'immobilité ; bien qu'encore attachée à beaucoup de souvenirs je sais, sans le moindre doute, que c'est celui-là que j'emporterai dans ma tombe.

Maintenant je suis devenue une de ces dames qui accélèrent le pas en rentrant chez elles, un bouquet de glaïeuls sous un bras et un filet à provisions à la main, une de ces dames qui vont retrouver un de ces hommes qui baisent leur front et tapotent leur dos avant de les accompagner dans la cuisine. Alors que j'ai aimé les manières brutales de Courbet, son appétit de la vie et de moi et les tavernes enfumées où nous descendions dîner.

Je ne crains plus rien. Et tant mieux si la nostalgie me submerge et m'emporte. Je glisse dans les souvenirs. La réalité n'aura plus jamais mieux à m'offrir.

14.

APRÈS m'avoir couchée sur un sofa, Courbet disparut derrière sa toile blanche, presque aussi longue que large. Deux mille cinq cent trente centimètres carrés prélevés de mon corps. Peut-être plus.

Pour qui saura regarder je suis tout entière sur cette toile.

Il y a mon visage. Il y a celui de Courbet. Il y a nos âmes et notre amour, et le silence d'avant le commencement, ce silence où seuls résonnent son souffle et le bruit de ses semelles sur le plancher. Il y a son impatience, cette tension juste avant le premier coup de pinceau, après l'atmosphère se détend.

Premières escarmouches.

Un œil s'écarte du châssis, le gauche, me

fixe, vole je ne sais quoi sur mon ventre et se cache à nouveau.

Je suis nue et protégée par un regard chaud, intense et intermittent. Courbet se sert. Il prend ce que ma chair lui donne à imaginer et abandonne le reste.

Presque rien.

Je suis comestible. A moi seule – cuisse ouverte, ventre rebondi, sein dressé – je suis un festin. Courbet choisit de l'œil gauche (celui que je vois) et retranscrit du droit (celui que je ne vois pas). Le gauche picore tel un pigeon sur une place publique, le droit avale.

Le festin se prolonge. Je m'offre, il prend.

Jouissance de victime, petits bruits du silence, danse des ombres derrière mes paupières, souffle de l'amour et du génie, béatitude suprême lorsque l'un et l'autre se conjuguent.

Le bonheur, la paix enfin.

A cet instant-là, je me suis sentie unique, magnifique, éternelle.

J'étais l'Origine du Monde.

15.

SOUDAIN Gustave est devenu fou. Il a lancé son pinceau qui a roulé jusqu'à la porte d'entrée.

Je n'avais pas bougé. Qu'avais-je fait pour déclencher cette colère ?

Gustave s'est levé, a bousculé son chevalet qui, par chance, après avoir tangué quelques secondes, s'est rétabli. Il a enlevé son tablier, l'a jeté à terre et s'est éloigné. J'étais toujours allongée dans ma posture, devenue encore plus humiliante sans son regard pour m'encourager, me soutenir, m'admirer. Je me redressai, effrayée, baissai le drap de lin qui me couvrait les épaules. Obscène soudain.

Du fond de la pièce où il ouvrait une bouteille de bière, je l'ai entendu hurler de son accent franc-comtois :

« Quelles idées noires traversent ton esprit ?
La couleur de tes lèvres a changé ! »

De mes lèvres ? Je fus prise d'un sentiment
de révolte. Cette fois c'en était trop.

« A quoi as-tu pensé ? hurlait-il. J'avais
trouvé l'exact mauve, le rose parfait des porcelaines de Saxe, celui-là même qui borde déli-
catement ta rivière, lorsque soudain, à peine le
temps d'effleurer la palette de mon pinceau, le
décor change. Pas le con. Le con est toujours
en place, je veux dire les couleurs. Quel orage
a grandi dans ta tête pour que ton ciel s'assom-
brisse ainsi ? Tout à refaire ! Le mauve s'est
transformé en violine des voilettes de grand-
mère, le rose printanier en rouge vermillon des
laques chinoises. Que s'est-il passé là-haut pour
que l'émotion se répercute ainsi vers le bas ?
Regarde-toi ! Le sang a quitté ton corps pour
monter dans ta tête. Ta chair est pâle, nervurée
de vert comme celle d'un mort. Si je te sculp-
tais dans le marbre, je serais plus proche de la
vérité. Je hais le marbre. Il est froid et ton corps
est chaud. Le désir échoue sur une sculpture
de marbre. Il ne faut pas aimer une femme
pour la marteler dans la pierre. Moi, je te

caresse avec les poils de mon pinceau, doucement, et j'attendrai avec toi, en te réchauffant
de mes bras, que ton sang à nouveau irrigue
tout ton corps. »

On en apprend tous les jours ; je savais que
les émotions pouvaient changer la couleur des
joues, pas celles du sexe.

Je m'excusai, incapable de lui expliquer les
causes de cette altération. Le froid ? La fatigue ?

Il revint vers moi, tourmenté, malgré l'air
comique que lui donnait sa moustache teintée
de mousse de bière. Il se rassit sur son tabouret.
Le visage plongé dans les mains, il me dit :

« Rien n'est plus difficile à réussir que
l'incarnat. Titien mettait une goutte de son
sperme pour réussir le sien, Cennini ajoutait
un morceau de peau, de soufre et de mercure
pour obtenir son cinabre. »

J'avais peur. A cet instant, je l'ai cru capable
d'arracher un morceau de mon corps pour
nourrir sa palette. Gustave, il est vrai, s'était
levé à nouveau et, debout devant moi, planté
là comme un diable, interrogeait mon ventre
du regard, scrutant de son œil noir chaque petit
pli entre mes jambes.

J'étais l'origine du monde

Il semblait en vouloir à mon sexe, comme si tout à coup il était devenu une personne à part entière, un être pensant et indépendant, doué d'intelligence, de perversion et d'états d'âme. Il était bien capable de considérer que le con était l'épicentre des émotions féminines et qu'il avait commis une erreur en accusant mon esprit.

« Les idées noires sont noires comme ton triangle. Elles naissent là, fourmillent dans la fourrure comme les bêtes sur la tête d'un pouilleux. »

Pauvre Gustave ! Si proche de retrouver l'*amatio*, cette couleur perdue depuis le seizième siècle ! La couleur de sa fleur, de son Irlandaise au mont de Vénus trompeur. Et là, à la porte du con rose une stupide idée noire lui tourne le sang et le voilà penaud, rendu impuissant face à un modèle instable !

J'avais un con pervers, disait-il.

Et à quoi reconnais-tu un con pervers, Gustave ?

« Ta toison est brune et tes cheveux sont roux, un truc à rendre fous toutes les andouilles d'experts qui jamais n'imagineront que la rousse flamboyante avait un triangle brun !

« Ton sexe est menteur, dissimulateur », me disait-il en pointant sur lui un doigt accusateur.

Dans l'impatience d'enchaîner son travail, Gustave semblait frôler des difficultés insurmontables. Il ne perdait pas la raison pour autant, il se battait de toutes ses forces pour ne pas tricher avec ses exigences.

Les femmes selon lui étaient faites de deux blocs : le sexe et le reste. Le reste, il l'avait peint mille fois. En revanche, se mesurer au sexe d'une femme, le séparer d'un corps avec juste ce qu'il faut de cuisses et de ventre pour en faire ni une abstraction ni un absolu, mais un îlot à part entière avec sa douce familiarité, tenait de la gageure.

Gustave releva le drap blanc au-dessus de mon nombril, le caressa un long moment de sa main comme s'il cherchait à se réconcilier avec lui. En quelques minutes qui me parurent une éternité, le miracle qu'il n'espérait plus se produisit : mon ventre avait retrouvé ses couleurs et se ressemblait à nouveau.

« Je suis fou, mais pas assez pour imaginer

qu'avec mes pinceaux et mes couleurs je puisse rivaliser avec toi, Jo. Je veux seulement m'approcher du secret de ta peau, sans l'écorcher. M'approcher de tes larmes, de ton écume, de ton sang. M'approcher, Jo, là est le secret. Jamais rivaliser.

« Je veux que l'on sache ce que j'ai voulu faire et que l'on dise : il y est parvenu le mieux possible. Je veux voir la pupille des hommes se dilater confrontée à ta chair, je veux voir la gêne dans le regard offusqué des femmes, d'avoir été ainsi découvertes. Alors, je me dirai que j'ai réussi. Réussi ce qui était en mon pouvoir d'entreprendre, m'approcher de toi, Jo.

« Le génie c'est toi, Jo, pas moi. La beauté est supérieure à tout. Même au talent qui s'évertue à la copier. »

Ayant dit cela avec cette inclination pour la splendeur des mots qui voilait le mensonge d'une parure magnifique, Gustave plongea le bout de mes doigts dans sa bouche et la même langue qui me donnait du plaisir me réchauffa les phalanges. Derrière un bosquet, en attendant un cerf ou un sanglier, Courbet se décongelait ainsi l'index avant d'ajuster son tir.

« Toutes les femmes vues de là sont les mêmes, dis-moi, Gustave ? Est-ce que seule la couleur de la toison change ? Je ne me suis jamais vue comme tu me vois, jamais je n'ai imaginé que le sexe d'une femme avait des états d'âme. »

Mon propos, qui n'était qu'une petite plaisanterie sans profondeur, sembla plonger Gustave dans le silence et la réflexion. Il s'éloigna, ramassa son pinceau là où sa colère l'avait jeté, le rangea sur le chevalet puis, avec le calme d'un homme qui avait reconquis ses forces intérieures, il s'adressa à moi d'une voix apaisée et me raconta qu'un de ses amis, après avoir réussi le prodige de reproduire un cerf traqué, fuyant les chasseurs, fut incapable de peindre l'écume de ses naseaux.

A cause de cette histoire d'un peintre arrêté par une matière aussi insignifiante que des sécrétions, je crus que Courbet s'avouait vaincu et qu'il renonçait à son projet.

« Jo, au lieu de jeter son pinceau au sol comme moi, il l'a projeté contre le tableau et les poils du pinceau en effleurant la toile ont exactement tracé l'écume qu'il s'évertuait à rendre. »

La chance était-elle une des formes du talent ? Courbet ne demeura vaincu que très peu de temps. La force irrépressible grandissait en lui et il la partageait avec moi comme un morceau de pain dès qu'il sentait que je m'affaiblissais. Il me dit alors que ce tableau serait une œuvre vertueuse, exemplaire, honorable, bien plus que *Le Sommeil* où il m'avait entraînée. Que mon ventre était lisse comme les joues de Monna Lisa. Que toute sa vie il avait cherché une femme comme moi – il aurait parcouru le monde entier pour la trouver –, que j'étais celle dont il avait toujours rêvé, que nous deux, faute de créer la vie, nous susciterions le désir, que le désir c'était la vie, donc nous serions des dieux.

Courbet appuyait sa large main salie sur mon ventre. Sa voix était montée d'un cran :

« Toi, tu incarnes la femme, tu es impassible, inaccessible, le plaisir sera dans l'œil de celui qui te regardera. Je veux que ta pose reflète l'indolence et l'impertinence et que ton sexe montre l'émotion que je lui donne. Et l'émotion, Jo, c'est un fruit mûr, c'est cette incroyable pilosité qui s'achemine jusqu'à la raie du cul. Je serai le premier, Jo, si tu le permets.

« Les hommes n'osent pas peindre un con parce qu'ils viennent de là, et ils n'aiment pas voir d'où ils viennent, Jo.

« Je veux rendre ton trésor, l'offrir à l'humanité parce qu'il en est l'origine et je voudrais être une souris pour voir la gueule des hommes qui te regarderont un jour. »

Il ponctua cette dernière phrase d'un rire qui s'emballa au point que je me demandai s'il allait en revenir ou si la toux qui l'étouffait en même temps allait l'emporter. J'avais peur à nouveau. Gustave s'énervait. Il pestait contre les charognards, les vautours, les imbéciles, les juges qui cherchaient à étouffer les jeunes talents, contre Delécluze, qui estimait qu'un crocodile n'aurait aucun appétit pour ses *Baigneuses*, et Félix Tournachon, qui se demandait ce qu'il pourrait bien montrer l'année prochaine maintenant qu'il avait fait voir sa lune. J'étais une réponse, en quelque sorte. Son front suintait, il avait de la fièvre. Rien à voir avec la transpiration maladive d'un corps atteint par un virus. Mais plutôt avec la tension, l'excitation, la douleur d'avant un accouchement. Il était prêt à violer la Nature, à lui ravir ses tons brillants, mouillés, enflammés et ses odeurs. Quand il terminait une toile, il lui arrivait de s'étonner qu'elle ne sente pas les sous-bois s'il s'agissait d'un paysage, la sueur d'une bête traquée quand il égorgeait un cerf ou le parfum de fourrures pubiennes quand il peignait une rousse. Quels que soient les bleus azurés, les cuivres mordorés, les carmins virulents ou anémiés qui coloraient mes chairs avant qu'une idée malfaisante n'ait tourné mon sang en blanc neige ou en brun des roches d'Ornans, l'odeur qu'il aimait demeurait et il venait humer l'entrecuisse, s'enivrer à ma source, coller ses moustaches contre mon pubis pour s'en imprégner. Et je sentais son souffle chaud, son nez se frayer un chemin, sa langue s'aventurer plus loin au fond, pour dénicher les arômes qui ne remontaient pas à la surface.

« L'odeur ne trompe pas. Sous les aisselles et à l'entrecuisse, tu es bien rousse. Je peindrai en déchiffrant ton parfum, en reniflant tes effluves, en avalant tout ce qui sort par les pores de ta peau. Si tu continues de changer de couleur, je traverserai ce chaos de nuances indécises, ces nuages informes, cette chair ouverte et fermée à la fois, pour atteindre le vide magnifique, la grotte invisible. »

Et tandis que sa langue se promenait avec bonheur dans mon sillage, il me caressait le ventre et sous ses mains mes couleurs réapparaissaient ; au bleu de Chine il ne sera pas nécessaire d'ajouter l'encre de la nuit.

« Avec toi, je suis plus amoureux que je ne suis peintre », disait-il.

16.

J'AVAIS retrouvé ma position et lui la sienne ;
moi le modèle et lui le peintre, égaré en
moi, perdu dans mes plis, dans le mystère de
ce qu'il ne pouvait voir, le désert du milieu, le
couloir entre les parois, la place dénuée de
signification sans son complément, son com-
pliment, le roi de l'échiquier, la colonne Vendôme.

Le pinceau devenu fou l'entraînait dans le
tunnel, le bout de bois vibrait, se cabrait et
s'enfournait dans je ne sais quelle cavité, quel
labyrinthe, emporté par un élan frénétique,
une nécessité physiologique, comme si la vie
lui avait été transmise de la main de Courbet.

Après un temps que je ne fus pas capable
d'évaluer, Courbet enfin s'est détaché de l'œuvre

à laquelle il semblait agrippé comme il l'était à mon corps pendant l'amour.

J'avais l'impression d'être dédoublée, spectatrice de nos propres ébats, de le regarder sur moi tel qu'il m'est impossible de le voir. Une main fermée sur le bord de la toile, tandis que l'autre caresse le corps, la tête dans les étoiles.

Il recule d'un pas. D'un coup d'œil rapide, il considère son travail, le modèle, la copie, deux Joanna, j'existe à nouveau, à peine, pas vraiment entière. Je suis encore une femme sans tête, sans jambes, un escargot sans coquille, une femme-tronc.

Pas un bruit, pas un souffle dans l'atelier.

Je remue un orteil. C'est fini ? Presque fini, Gustave me fait signe de ne pas bouger encore. C'est lui qui décidera.

Je ne sais comment raconter ce moment où Gustave découvrit son travail. Je pense que le premier à être impressionné par la prouesse fut Courbet lui-même.

Il était sidéré.

Il ne pensait pas que ses multiples petits coups de pinceau donneraient ça, si proche de la nature et de plus en plus proche à mesure qu'il s'en éloignait.

S'il avait vu passer Titien ou s'il avait pénétré dans l'atelier de Léonard de Vinci, je ne crois pas que son regard aurait été plus ébloui.

Il régnait dans l'atelier une atmosphère particulière, comme chargée de surnaturel. Je n'étais pas sûre à ce moment précis, si je baissais la tête et regardais entre mes jambes, d'y trouver autre chose qu'un mont plat, lisse, une colline dont Gustave aurait arraché toutes les mauvaises herbes pour ne laisser qu'un rempart contre l'extérieur. Quelque chose de moi était parti dans le tableau. Souvent j'avais posé nue et jamais je n'avais ressenti cette terreur de me voir, pas même pour *La Paresse et la Luxure*, alors que la cuisse d'une femme enserrait ma taille.

Et, comme s'il lisait dans mes pensées et en prolongeait le cours, Courbet me parla du tumulte mystérieux que son œuvre faisait naître en lui.

« Cette toile, me dit-il, ce n'est pas de la gaudriole, c'est de l'art, elle sera notre point de rencontre, notre sépulture, nous y reposerons un jour pour l'éternité sans que personne puisse l'imaginer. C'est doux et tendre là-bas, c'est comme de la soie, même les bruits y parviennent tamisés.

« Je suis le premier peintre à avoir tenté le voyage.

« Personne, jamais, n'en a eu l'audace, personne. Jo, c'est si beau ! »

Courbet se penche, attrape d'une main la bouteille de vin d'Ornans presque vide qui traîne à ses pieds et, de l'autre, un verre opacifié par des empreintes de doigts ; il y déverse le fond de la bouteille, juste de quoi remplir son récipient.

« A toi, Jo, à la plus belle chatte du monde ! »

17.

Il était tard dans la nuit, il me semble, quand Courbet, une main posée sur chacun de mes genoux, a refermé mes jambes ; le rideau baissé, il s'est approché de moi, une couverture à la main, et il a frictionné mon dos au travers de la laine rugueuse pour me réchauffer. Puis il a porté le verre de vin à mes lèvres, m'a baisé le front et m'a dit : « Voilà, c'est fait », à la manière d'un médecin qui rassure la jeune mère. Je n'ai pas eu d'enfant. Je n'aime pas ce qui vient de moi. Ce tableau, Courbet avait été le chercher loin, il l'avait trouvé au-delà de l'impudeur qui, elle, ne me faisait pas peur.

« Viens », dit-il en me prenant la main.

Mes jambes étaient ankylosées, j'étais incapable de bouger. Je me suis blottie contre lui et je l'ai supplié de peindre sur la toile, avant que je ne la voie, un châle qui tomberait le long de la cuisse, une fleur sur le nombril, un collier autour de la taille, comme l'*Olympia* de Manet, qu'il admirait tant, avait un ruban noir autour du cou. N'importe quel artifice pour distraire le regard et adoucir ma nudité.

Courbet ne voulut rien entendre. Il eut même l'outrecuidance de me dire : « Un cordon noir ? Jamais. Cela ferait vulgaire. » « Et si je t'aime prends garde à toi », chantait Jean-Baptiste Faure qui parodiait Carmen.

Courbet m'a aimée, je l'ai laissé faire.

Les années ont passé. Maintenant, je peux l'avouer : voilà, si le tableau fut, comme Courbet le pensait, un chef-d'œuvre, ma honte fut à sa mesure.

Les mains de Courbet étaient collées sur mes paupières. Mes jambes tremblaient comme celles d'une jeune accouchée. « Regarde ! » Quand Gustave m'intima cet ordre, j'eus l'impression d'être condamnée à ouvrir les yeux devant un peloton d'exécution.

Le choc que je reçus en plein visage fut si grand qu'il me fallut des années pour parvenir à retrouver l'image de cette toile dans ma mémoire.

Je le jure, je ne savais pas qu'une femme c'était tant de choses à la fois, toutes ces choses cachées et montrées qui ouvrent le chemin de tant d'histoires, de tant de mystérieuse attirance.

Courbet avait tracé un chemin rose bordé de ronces vénéneuses, il avait dessiné le labyrinthe qui mène au gouffre, au piège fatal où l'homme se perd.

Je ne m'étais jamais vue comme Courbet m'a montrée.

J'en vins à plaindre Gustave, à plaindre les amants, les maris, les artistes, les hommes du monde entier. Tant de passions, d'amour, de poèmes, de lettres, de romans, de chansons, de sermons, de plaisirs, d'énergie, de folie, de batailles, de jalousies, de suicides même, pour ça !

Les hommes ont mauvais goût. Je ne partage pas leur attirance. J'étais triste que ce soit la partie la plus laide du corps d'une femme qui les captive autant.

Devant moi, ces lèvres carnassières souriaient férocement et s'apparentaient davantage à une sombre méduse, à une tarentule velue, qu'à une inoffensive petite chatte.

C'était ainsi entre les hommes et moi. Ce qui nous éloigne nous rapproche.

Il ne m'appartient pas de les dégoûter.

18.

JE n'ai vu le tableau qu'une seule fois.
Depuis trente-sept ans, pas une trace, pas
un écho, pas une photo, *L'Origine du monde* a
disparu. Mais pas de ma mémoire comme je
l'ai cru. Parce que je ne prononçais jamais son
nom, parce que je n'osais fouiller dans mes
souvenirs du côté de la rue Hautefeuille, je
croyais avoir oublié cet épisode de ma vie.

Que d'années perdues avant de reconnaître
l'évidence : l'abandon de mon ancienne vie,
mon exil dans le Midi datent de cette nuit où
la honte m'a transformée.

Je me souviens à présent de mon corps
secoué de sanglots, de mes mains aux poings
fermés qui frappaient les épaules de Courbet
en l'implorant de détruire cette toile, puis

encore du carrelage glacé contre ma joue et de la dureté du sol où j'avais perdu connaissance.

Je me souviens de Courbet endormi avec sa blouse sur le canapé où j'avais posé. Et de l'idée meurtrière qui avait traversé mon esprit. Pendant quelques instants, je fus prise de folie, je courus à la cuisine, ouvris un tiroir, attrapai un long couteau dentelé qui servait à couper le pain de campagne et me rendis près de *L'Origine du monde*. Avec la lame j'effleurai la toile pas encore sèche... Il me suffisait de diriger la pointe du couteau vers le milieu et d'appuyer pour m'en débarrasser, d'enfoncer l'acier au centre de mon corps pour me libérer de cette tragique image, de mon erreur devenue éternelle.

Je n'ai pas appuyé. Il s'en est fallu de peu.

De la conscience, malgré l'insupportable outrage, d'être en face d'un chef-d'œuvre.

Je l'ai préféré à moi. Ma vie ne valait rien. Surtout pas qu'on lui sacrifie une œuvre de Courbet, même pour me réhabiliter.

Je suis partie parce que je ne pouvais cohabiter plus longtemps avec cette image de moi. Je suis partie seule dans la nuit où personne, nulle part, ne m'attendait.

Cher éditeur,

Vous vous intéressez à un tableau que vous n'avez jamais vu et que vous ne verrez jamais, dont Castagnary vous a parlé. Il connaissait, en effet, son existence pour l'avoir répertorié en dressant la liste des peintures de Courbet sous le titre Le Vase de Khalil, *mais lui non plus ne l'a jamais approché ; le plus grand secret a toujours entouré cette œuvre. Seuls Gambetta, Halévy, les frères Goncourt et Khalil Bey, bien sûr, ont vu* L'Origine.

Mais personne ne sait qu'il s'agit de moi.

J'ose vous le dire parce que vous ne verrez pas cette toile, et votre imagination aussi fertile soit-elle ne pourra vous la restituer. L'Astre noir *est égaré quelque part sur la terre, là où personne ne le soupçonne. La verdeur du sujet me protège.*

137

J'étais l'origine du monde

J'aurai disparu quand un collectionneur assez audacieux offrira L'Origine du monde *au public.*

Maintenant je sais pourquoi, lorsque je me regarde dans un miroir, j'ai l'impression de voir la barbe de Courbet se mélanger à mes poils, de respirer son odeur de térébenthine et de tabac blond.

Courbet habite L'Origine du monde, *comme il m'a habitée tout au long de ce livre.*

Courbet et moi nous nous sommes quittés sans explication, prisonniers du secret qui a fini par nous étouffer.

Nos existences sont d'étranges puzzles dont il manque tant de pièces quand on arrive au bout.

L'inéluctable parsème notre vie d'absences et de silences, de rendez-vous manqués.

Je remercie Georges Didi-Huberman, Bernard Teyssèdre, Gilles Plazy, Michael Fried et bien sûr Petra Ten-Dœsschate Chu qui a entrepris la publication de la correspondance de Gustave Courbet, pour leurs travaux érudits qui m'ont permis de me familiariser avec le monde de ce peintre.

C.O.

DU MÊME AUTEUR

Aux Éditions Albin Michel

LE COLLECTIONNEUR, 1993.

L'ÂME SŒUR, 1998.

L'ATTENTE, 1999.

Chez d'autres éditeurs

LES PETITES FILLES NE MEURENT JAMAIS (sous
le nom de Christine Rheims), éd. Jean-Claude
Lattès, 1986.

LE FIL DE SOI, éd. Olivier Orban, 1988.

UNE ANNÉE AMOUREUSE DE VIRGINIA WOOLF,
(sous le nom de Christine Duhon), éd. Olivier
Orban, 1990.

LA FEMME ADULTÈRE, éd. Flammarion, 1991.

UNE FOLIE AMOUREUSE (en collaboration avec Olivier Orban), éd. Grasset, 1997.

UNGARO, éd. Assouline, 1999.

*La composition de cet ouvrage
a été réalisée par
I.G.S. - Charente Photogravure à l'Isle-d'Espagnac,
l'impression et le brochage ont été effectués
sur presse Cameron
dans les ateliers de Bussière Camedan Imprimeries
à Saint-Amand-Montrond (Cher),
pour le compte des Éditions Albin Michel.*

*Achevé d'imprimer en juin 2000.
N° d'édition : 19163. N° d'impression : 003087/4.
Dépôt légal : août 2000.*